소중한 _____ 에게

_____ 가(이) 선물합니다.

_____

에드몬도 데 아미치스 지음

1846년 이탈리아의 오네글리아에서 태어난 아미치스는 모데나 육군사관학교에서
교육을 받고 포병대에 들어가 이탈리아 독립 전쟁에 참가했습니다. 그리고 1868년에 「군대 생활」을
발표해서 좋은 평가를 받고, 1870년부터 본격적으로 작가 생활을 시작했습니다. 그 후, 신문 기자 생활을
하면서 세계 여러 곳을 돌아보며 많은 여행기를 썼습니다. 1886년에 발표한 「사랑의 학교」(쿠오레)는
교육적이며 감동적인 이야기들을 담고 있어 오늘날까지도 온 세계 어린이들이 즐겨 읽고 있습니다. 또한
언어에 대한 자신의 생각을 담은 「고상한 말」을 발표했고, 1908년에 세상을 떠났습니다.

박성배 엮음

서울교육대학교와 한양대학교 대학원을 졸업했으며, 「횃불」지와 서울신문
신춘문예에 동화가 당선되어 문단에 나왔습니다. 그동안 동화집 「새싹한테서 온 전화」
「꿈꾸는 아이」 「달밤에 탄 스케이트」 「천사를 만난 바람」 등을 펴내. 한국동화문학상 · 한국아동문학작가상 ·
대한민국문학상 등을 받았습니다. 초등학교 교과서에 「새싹한테서 온 전화」 「행복한 비밀 하나」
「가을까지 산 꼬마 눈사람」 「잠자리 꿈자리의 꿈」 등의 동화가 실렸습니다.

2022년 1월 25일 2판 7쇄 **펴냄**
2011년 10월 10일 2판 1쇄 **펴냄**
2004년 2월 5일 1판 1쇄 **펴냄**

펴낸곳 (주)효리원
펴낸이 윤종근
지은이 아미치스
엮은이 박성배 · **그린이** 최영란, 안성환(표지)
등록 1990년 12월 20일 · **번호** 2-1108
우편 번호 03147
주소 서울시 종로구 삼일대로 457, 406호
전화 02)3675-5222 · **팩스** 02)765-5222

ISBN 978-89-281-0102-3 64880

이메일 hyoreewon@hyoreewon.com
홈페이지 www.hyoreewon.com

엄마 찾아
삼만 리

아미치스 지음
박성배 엮음 / 최영란 그림

효리원
hyoreewon.com

내가 에드몬도 데 아미치스의 『엄마 찾아 삼만 리』를 처음 만난
것은 초등학교 5학년 때였다. 누런 종이에 그림도 없이 활자만
빼곡하게 인쇄된 책을 도서관에서 빌려 열심히 읽었다.

하지만 내 가슴 속에는 아직껏 『엄마 찾아 삼만 리』의 감동이
생생하게 살아 숨쉬고 있다. 책을 펼친 순간 주인공 마르코와
하나가 되어 함께 걱정하고 두려워했으며, 다시 용기를 내 길을
떠났다가 한없는 절망 속으로 빠져들기도 했다.

오직 어머니를 만나야 한다는 일념 때문에 온갖 고생을 마다하지
않는 마르코. 이번에는 어머니를 뵐 수 있을 거야 하는 기대를 안고
한 번도 가 보지 않았던 곳을 어렵게 찾아가지만, 그를 기다리는
것은 여전히 절망적인 소식뿐이다.

나는 이 책을 읽으면서 혹시 마르코가 중간에 포기해 버리면
어떡하나 하는 걱정을 하기도 했다. 어린 마르코가 혼자
감당하기에는 지나치게 어려운 상황이 여러 번 반복되기 때문이다.
그러나 마르코는 결코 포기하지 않는다. 춥고, 배고프고, 무서운
길이지만 모든 것을 이겨 내며 꿋꿋하게 앞으로 나아간다. 계속되는
절망도 어머니를 향한 그리움을 꺾지는 못했던 것이다.

마르코가 용기를 잃지 않았던 것은, 그리고 마침내 어머니를 향한 마음이 열매를 맺을 수 있었던 것은, 어려움에 처할 때마다 도움을 준 사람들이 있었기 때문이었다.

공짜로 배를 태워 준 선장, 소개장과 함께 여비를 보태 준 신사, 집을 안내해 준 소년, 짐수레를 태워 준 아저씨, 기차 안에서 담요를 덮어 준 승객들, 식당에서 돈을 모아 준 할아버지와 이탈리아 사람들, 그리고 어머니를 간호해 준 메키네츠 씨와 부인 등……. 마르코는 세상에는 마음이 따뜻한 사람들이 얼마든지 있다는 사실을 깨닫게 된다. 그래서 마르코의 가슴에는 희망이 샘솟는다.

이 책에서 가장 감동적인 장면은 마르코가 어머니를 만나는 순간이다. 나는 초등학교 5학년 때 그 장면을 읽으면서 밤새 눈물을 흘렸다. 옆에 계신 어머니와 헤어지게 되면 어떡하나 하는 걱정에 가슴을 조이기도 했다. 아마 어린이 여러분도 마찬가지 생각을 하게 될 것이다.

이 책을 읽은 모든 어린이들은 앞으로 각각의 인생을 살아가면서 어떤 어려움이 닥쳐오더라도 결코 포기하지 않는 사람이 되리라 믿고 싶다. 또한 부모 형제를 사랑하고, 주변의 모든 사람들에게 감사할 줄 아는 어린이가 되었으면 하는 바람을 가져 본다.

엮은이 박성배

| 차례 |

새벽에 떠난 어머니

북이탈리아의 항구 도시 제노바. 병풍처럼 둘러선 산을 뒤로
하고, 앞으로는 탁 트인 지중해가 펼쳐져 있는 도시였다.

'붕, 부웅…….'

뱃고동 소리와 함께 배가 항구를 빠져 나갔다. 먼 여행을
떠나는 사람들과 떠나보내는 사람들이 파도를 사이에 두고
손을 흔들고 있었다.

'내게도 언젠가는 배 위에서 손을 흔들 날이 올 거야.'

마르코는 배 위에서 손을 흔드는 자신의 모습을 상상하면서
연습을 하듯 손을 흔들어 보았다. 배를 타고 먼 나라에 가서
돈을 많이 벌어 와, 가난 때문에 항상 마음 고생을 하시는

부모님을 편히 모시겠다는 생각을 했다.

'끼룩, 끼룩…….'

갈매기들이 마르코를 향해 날개를 흔들어 주었다. 사람들을
태운 배가 바다 멀리 사라질 때까지 바라보고 서 있던
마르코는, 두 손을 주머니에 넣은 채 타박타박 걷기 시작했다.
배에 물건을 싣는 사람들이 있는가 하면, 어떤 배는 물건들을
내리는 사람들로 북적거리고 있었다.

'나도 일을 해서 돈을 벌어야 하는데…….'

마르코는 언제부턴가 열한 살인 자신의 나이가 결코 적은
것은 아니라는 생각을 했다.

"애, 꼬마야, 여기서 얼쩡거리지 말고 저리 가거라."

수염을 텁수룩하게 기른 선장이 짐 나르는 사람들 사이에
서 있는 마르코를 보고 말했다.

'저도 짐을 나를 수 있어요.'

말이 목구멍까지 올라왔다. 그러나 무뚝뚝한 선장의 표정을
본 순간 쏙 들어가 버리고 말았다. 어림없는 소리 말라며
큰 소리로 비웃을 것만 같았기 때문이었다.

"마르코, 아버지 오셨어."

일곱 살 위인 형이 마르코를 보고 소리쳤다.

"정말이야, 형? 돈이 없어서 퇴원할 수 없다고 했잖아."

"어머니께서 돈을 구해 오셨어."

형의 말에 어두운 그림자가 드리워져 있었다.

"그랬구나!"

마르코는 어젯밤 늦게까지 잠을 이루지 못하고 한숨을 쉬시던

어머니의 모습을 떠올렸다.

아버지는 부두에서 막일을 해 식구들이 굶지 않을 정도의

돈을 벌어 오셨다. 어머니는 그 중에서도 먹을 것을 아끼고

아껴 조금씩 저축을 해 모았다.

그런데 얼마 전, 나쁜 사람들에게 사기를 당해 그 돈마저 잃고

말았다. 충격을 받은 아버지는 넋을 잃고 길을 가다가 교통

사고를 당해 병원에 입원까지 하게 되었다.

"어딜 가서 돈을 구하나?"

어머니는 긴 한숨을 내쉬었다. 그 동안 가족들이 아프거나

집안에서 뜻하지 않게 돈 쓸 일이 생길 때마다 빚은 늘어만

갔다. 그런데 사기까지 당하고 또 아버지 병원 치료비까지

빚을 내야 할 처지가 되었으니 한숨이 나오지 않을 수 없었다.

그러나 어머니는 식구들 앞에서는 아무 걱정이 없는 듯 밝은

얼굴을 했다. 그리고 퇴원을 하지 못하고 있는 아버지를 위해

어디선가 또 돈을 꾸어 오셨다.

"오랜만에 식구들이 다 모여 식사를 하는구나."

마르코와 형이 문을 열고 들어서자, 어머니는 식탁에 음식을 내놓으며 애써 웃었다. 마르코는 어머니만 보면 행복했다. 아버지 병 간호를 위해 어머니께서 병원에 가 계실 때는 집안 분위기가 썰렁했다. 사람이 사는 집 같지가 않았다.

"아버지, 다 나으셨어요?"

"그럼. 내일부터는 일을 나갈 수 있지."

아버지는 보라는 듯 다쳤던 다리를 오므렸다 펴 보였다. 그러나 조심스러워 보였다.

"이삼 일 정도 더 쉬세요. 완전히 나은 다음에 일 나가셔야죠."

어머니가 식탁에서 얼굴을 돌리지 않은 채 말했다.

"허허, 괜찮다니까 그러네."

아버지가 약간 허풍스럽게 말하며 식탁에 앉았다. 아버지가 돈을 벌어오지 않으면 당장 먹고 살기가 힘든 처지였다. 그러니 아버지의 입장에서는 몸이 아프다는 핑계로 마냥 쉴 수만은 없었다. 잠시 어색한 분위기가 감돌았다. 네 식구는 말없이 식사를 했다.

평소와는 달리 어머니의 표정이 몹시 어두워 보였다.

"당신 혹시 무슨 걱정되는 일이라도 있소?"

아버지가 조심스럽게 물었다.

"아, 아니에요. 걱정은 무슨……."

그러나 어머니의 얼굴에 드리워진 검은 구름은 여전히 그대로였다. 식사가 거의 끝나 갈 무렵이었다.

"할 이야기가 있어요."

우유 한 모금을 마신 어머니가 발끝에 시선을 고정시킨 채 입을 열었다. 작은 목소리였지만 매우 중요한 얘기라는 것을 느낄 수 있었다. 아버지와 형, 그리고 마르코는 어머니를 바라보았다. 마르코는 머뭇거리는 어머니를 보면서 입 안에 들어 있던 빵을 꿀꺽 삼켰다.

"당신 혼자 벌어서는 먹고 살기도 힘든 형편인데, 빚은 자꾸 늘어만 가고 있어요."

형과 마르코는 어머니의 뜻밖의 말에 어리둥절한 표정을 지었다. 한 번도 드러내 놓고 불평을 한 적이 없는 어머니였기 때문이었다. 또한 그 말은 아버지에게 하는 것이었지만, 마르코와 형 모두를 향하고 있는 듯했다. 그렇지 않았다면 평소 어머니의 성격으로 미루어 마르코와 형이 없는 데서 조용히 말씀하셨을 것이었다.

"미안하오."

아버지가 고개를 깊이 숙였다.

"아니에요. 당신을 탓하려는 것이 아니에요."

어머니가 오해하지 말라는 몸짓으로

손사래와 함께 고개를 내저었다. 아버지와

형, 그리고 마르코는 다시 어머니의 얼굴을

바라보았다. 뭔가 다른, 꼭 하고 싶은 다른

말이 있다는 것을 눈치챘기 때문이었다.

"그래서 생각한 건데요, 저도 돈을

벌어야겠어요."

"직장이 생겼어요?"

형의 물음에 어머니는 대답 대신 식구들의 얼굴을 한 사람씩 찬찬히 바라보았다.

"떠도는 소문을 듣자니까, 아르헨티나에 가면 여기에서보다 몇 갑절이나 돈을 더 벌 수 있대요."

"그, 그러니까 당신이 남아메리카로 가겠다는 것이오? 대체 그 곳이 얼마나 먼 곳인지 알기나 하고 하는 말이오?"

어머니의 뜻밖의 말에 아버지가 턱을 치켜들며 물었다.

"건강한 몸뚱이가 있는데 어딘들 못 가겠어요? 사오 년만 열심히 일하면 빚도 갚고, 우리가 살 만한 집도 마련할 수 있을 거예요. 모두가 고생스럽겠지만, 앞날의 행복을 위해서 참기로 해요. 네?"

어머니는 이미 마음의 준비가 다 되어 있는 듯했다.

"하지만 집안 살림은 엉망이 될 거요."

"서로가 도와야지요."

"내가 더 열심히 일을 할 테니 조금만 참아 봐요."

"모든 것에는 다 때가 있는 법이지요. 지금 가서 돈을 벌지 않으면 빌린 돈의 이자가 늘어나서, 우리는 결국 헤어나지 못하게 될 거예요."

"내가 말린다고 당신의 결심이 바뀔 것 같지 않구려."

어머니를 바라보고 있던 아버지가 한풀 꺾인 목소리로
말하면서 마르코를 바라보았다.

"마르코, 넌 어떻게 생각하니?"

"싫어요! 전 어머니와 함께 살 거예요."

아버지가 강하게 반대해 주기를 기대했던 마르코는 눈물을
글썽이며 울부짖었다.

"가난해도 좋으니 어디로 가지 마세요. 전 어머니가 집에
계시는 것만으로 행복해요."

"하지만 마르코, 많은 빚을 지고서는 행복하게 살 수 없단다."

어머니는 마르코의 손을 잡으며 애원하듯이 말했다.

"이제 저도 일할 곳을 찾아볼 테니 먼 나라로 가지 마세요."

형도 어머니가 아르헨티나까지 가는 것을 반대했다.

"조금 더 생각해 보도록 합시다."

아버지는 양쪽의 눈치를 살피며 생각할 여유를 갖자고 했다.

그로부터 며칠 동안은 아무도 어머니가 아르헨티나로 가는
것에 대한 이야기를 꺼내지 않았다.

어머니는 열심히 집안 청소를 하고, 커튼을 빨아 다시 걸고,
묵은 빨랫감들을 깨끗이 정리했다. 마르코는 그런 어머니를
보면서 마음이 불안했다. 먼 여행을 떠나기 전에 미리 모든

것을 정돈하시는 것 같았기 때문이었다.

마르코의 그런 예감은 틀리지 않았다.

어느 날 저녁, 어머니는 식탁에서 다시 이야기를

꺼냈다. 이번에는 마르코를 향해 말했다.

아버지께서는 이미 승낙한 것으로

생각하신 모양이었다.

"마르코, 아무리 생각해 봐도 내가

가서 돈을 벌어 와야겠다. 길어야

오 년이니 형과 함께 아버지

말씀 잘 듣고 지내거라."

"싫어요! 전 어머니 없인 못 살아요. 가지 마세요."

마르코는 벌떡 일어나 어머니의 팔을 잡고 흔들었다.

목소리는 어느 새 울음소리로 변해 있었다.

"우리 아들 착하지? 훌륭한 사람이 되려면 힘든 일을 참을

줄도 알아야 하는 거야. 엄마가 돌아올 때는 선물도 많이

가지고 올게."

"싫어요. 누가 선물 받고 싶대요? 전 어머니만 있으면 돼요."

마르코는 어머니를 힘껏 안았다. 어머니도 마르코를 꼬옥

안아 주었다.

"알았다. 그만 울고, 가서 자거라."

어머니는 마르코의 손을 잡고 마르코의 방으로 데리고 갔다.

"잠옷으로 갈아입어야지?"

어머니는 마르코가 어렸을 때 해 주시던 것처럼 옷을 벗기고

잠옷을 입혀 주었다.

"저 혼자서도 할 수 있어요."

"다 알아. 하지만 오늘은 엄마가 입혀 주고 싶어서 그래."

어머니는 마르코를 안아 침대에 뉘었다.

"사랑한다, 마르코."

어머니가 뺨을 마르코의 얼굴에 비비며 속삭였다.

"저도 사랑해요, 어머니."

"잘 자거라, 내 아들."

다시 마르코의 뺨에 입을 맞추는 어머니의 눈에 눈물이
글썽이고 있었다.

어머니가 조용히 불을 끄고 나가자 마르코는 이불을
뒤집어쓰고 흐느껴 울었다. 평소와는 다른 어머니의 행동으로
보아, 이미 먼 나라로 떠나기로 한 어머니의 결심을 바꿀 수
없다는 사실을 알았기 때문이었다.

울다가 잠이 든 마르코는 꿈을 꿨다. 어머니가 커다란
배 위에서 손을 흔드는 꿈이었다.

"어머니! 가지 마세요."

마르코가 소리쳤다. 그러나 그 소리는 길게 울리는 뱃고동
소리에 묻혀 버렸다.

"어머니!"

마르코는 어머니를 부르다가 눈을 번쩍 떴다. 어느 새 창문이
환하게 밝아 오고 있었다. 어쩐지 마음이 불안했다.

"어머니!"

마르코는 큰 소리로 어머니를 부르며 안방 문을 열었다.
아버지가 창 밖에 펼쳐진 바다를 멍하니 바라보고 계셨다.

"어머니는 어디 계세요?"

마르코는 부엌을 휘둘러보았다.

"어머니는 새벽에 떠났단다."

"네에?"

"마르코, 너하고 헤어지는 것이 괴로워 일찍 떠난 거야."

아버지가 마르코의 두 손을 잡고 달래듯 말했다. 낙엽이
바스락거리는 것 같은 쓸쓸한 목소리였다.

순간 마르코는 아무 생각도 나지 않았다. 온몸이 불덩이가
되는 느낌이었다. 마르코는 문을 밀치고 뛰쳐나갔다. 마구
달리지 않으면 가슴이 터져 버릴 것 같았다. 마르코는 항구를
안고 있는 산언덕길로 달려갔다.

언덕 위에서 바라본 바다는 안개에 덮여 있었다. 그 안개 위로
하얀 갈매기 몇 마리가 날고 있었다. 어머니를 태운 배는 이미
어디론가 사라지고 방금 들어온 듯싶은 커다란 배에서
사람들이 짐을 내리고 있었다.

"어머니!"

마르코는 바다를 향해 소리쳐 불렀다. 형이 와서 억지로
데려갈 때까지 마르코는 손등으로 눈물을 닦으며, 어머니를
태운 배가 사라진 먼 바다를 바라보고 있었다.

소식 끊긴 어머니

어머니가 없는 집 안은 마치 텅 빈 것 같았다. 더구나 어둠이
밀려오는 저녁이 되면 어머니가 더욱 보고 싶었다.

'아버지가 오시기 전에 수프를 끓여 놓아야지.'

마르코는 엉엉 소리내어 울고 싶은 마음을 참으며 부엌으로
들어갔다. 양파와 감자의 껍질을 벗기고 잘게 썰어 수프를
만들기 시작했다.

"이제 음식 만드는 솜씨가 제법인데?"

먼저 들어온 형이 마르코를 도와 주었다. 수프가 끓으면서
제법 맛있는 냄새를 풍겼다.

"오늘도 오지 않았니?"

일터에서 돌아온 아버지는 실망스런 눈치였다.

어머니가 떠난 후로 아직까지 편지가 없었기 때문이었다.

"워낙 먼 곳이기 때문에 편지도 오래 걸릴 거야. 틀림없이
내일은 오겠지."

아버지는 애써 밝은 표정을 지었다.

세 식구는 아무 말 없이 식사를 했다. 어머니가 없는 식탁은
쓸쓸하기만 했다. 즐거운 웃음소리도 사라진 지 오래였다.
아침이 되면 가족들은 모두 '오늘은 편지가 올 거야' 하는
기대감으로 하루를 시작했다.

그러나 저녁이 되도록 편지가 오지 않으면 실망과 걱정으로
쓸쓸한 밤을 보내곤 했다. 다음 날도 마르코는 집 앞을
지나가는 사람들을 바라보고 있었다. 우편 집배원 아저씨가
나타나자 마르코의 가슴이 콩당콩당 뛰기 시작했다. 집배원
아저씨는 마르코네 집 앞에서 편지를 한 통 꺼내더니 곧장
걸어왔다.

"왔다! 드디어 어머니한테 편지가 온 거야!"

마르코는 재빨리 대문 밖으로 나가 집배원 아저씨가 내민
편지를 받아 쥐었다.

"아저씨, 감사합니다!"

"녀석! 그렇게도 좋으냐?"

우편 집배원 아저씨가 씩 웃었다. 마르코는 어머니한테 온
편지를 들고 깡충깡충 뛰어다녔다. 어머니가 쓴 글씨에 볼을
대 보기도 했다.

그 날 저녁, 아버지는 어머니의 편지를 큰 소리로 읽었다.

어머니는 아르헨티나의 수도인 부에노스 아이레스에 무사히
도착해, 그 곳에서 오래 전부터 살고 있던 아버지의 사촌 동생
멜레리를 찾아갔다고 한다.

어머니가 출발하기 전에 이미 아버지가 편지로 부탁해 놓았기
때문에, 가까운 곳에 있는 어느 부잣집의 가정부 자리를 얻어
놓았다고 한다. 어머니는 도착하자마자 그 부잣집에서 일하게
되었는데, 사람들이 친절하게 대해 주며 월급도 많이 준다는
내용이었다.

"잘 됐구나. 정말 잘 됐어."

아버지는 마르코의 머리를 박박 문지르며 기뻐하셨다.

아버지는 바로 답장을 보냈다. 어린 마르코가 잘 견디고
있다는 소식도 전했다.

얼마 후, 어머니에게서 또 편지가 왔다. 이번에는 돈과 함께
보낸 편지였다.

보고 싶은 가족들에게

여보, 안녕하셨어요? 아이들은 잘 지내겠지요? 누구보다도 마르코가 걱정되는군요. 힘들게 일하고 집에 들어오는 당신에게 식사도 준비해 드리고 빨래도 해 드려야 하는데, 아무것도 해 드릴 수가 없으니 미안하고 안타까울 뿐입니다.

저는 불편 없이 잘 있으니 걱정하지 마세요. 처음에는 좀 낯설었지만 지금은 이 곳 풍습을 어느 정도 몸에 익혔답니다. 이 집 사람들이 가족처럼 친절하게 대해 주어서 날마다 즐겁게 일하고 있어요.

제가 빚을 갚기 위해서 식구들과 멀리 떨어져서 일한다는 것을 알고 월급도 처음 생각했던 것보다 훨씬 많은 80리라를 준답니다.

저는 여기서 별로 돈을 쓸 일이 없으니 한 푼도 쓰지 않고 모아서 보내도록 하겠습니다. 그러니 조금씩이나마 빚을 갚도록 하세요.

그럼 다시 연락할게요. 언제나 건강에 주의하시고 안녕히 계세요.

마르코야, 엄마 없이 힘들지? 하지만 너는 착하고 영리한 아이니까 어려움을 잘 이겨 낼 줄 믿는다. 마음을 굳게 먹고 참아 내도록 하여라. 그러노라면 빚도 다 갚고 우리 가족이 옛날처럼 함께 모여서 행복하게 살 날이 올 줄 믿는다. 형과 같이 아버지를 잘 도와 드려라.

안녕!

3월 2일 엄마가

"참 고마운 일이구나. 얼마 안 있으면 빚도 다 갚을 수 있겠어.
나도 더 열심히 일해야지."

편지를 읽은 아버지는 힘이 솟는 듯했다. 마르코도
마찬가지였다. 빚을 빨리 갚고 어머니가 돌아오시는 모습을
상상만 해도 행복했다.

마르코는 어머니가 안 계신 쓸쓸함을 그런 상상으로 이겨
냈다. 아버지는 신이 나서 활기차게 일을 했다. 그리고 빚을
조금씩 갚아 나갔다.

그러나 그런 행복은 오래 가지 않았다. 어머니가 떠난 지
1년이 조금 지난 어느 날, 걱정스런 편지가 왔다.

'요즘 몸이 좀 불편해서 누워 있습니다.'

이런 짤막한 편지였다.

걱정이 된 아버지는 자세한 사정을 알려 달라고 그 곳에 사는
사촌 동생 멜레리 아저씨에게 편지를 써 보냈다. 그러나
아무런 답장이 없었다.

"이상하다? 왜 소식이 없지?"

아버지는 식사도 하지 않고 걱정을 했다.

원래 어머니가 떠나기 전에 아버지는 사촌 동생 멜레리에게
연락을 해서, 어머니의 편지를 중간에서 전해 주도록 약속을

했었다. 즉 아버지가 사촌 동생 멜레리에게 편지를 보내면
사촌 동생이 그것을 어머니에게 전해 주고, 또 어머니가
편지를 사촌 동생에게 가져다 주면, 사촌 동생이 그 편지에
몇 줄을 더 적어서 제노바로 보내 주기로 한 것이었다.
"네 어머니에게 일이 생겼는지, 아니면 사촌 동생 멜레리에게
일이 생겼는지 알 수가 없구나."
아버지는 사촌 동생 멜레리를 거치지 않고 직접 어머니가
일하고 있는 집으로 편지를 보냈다. 그러나 역시 아무런
소식이 없었다.

그렇게 소식이 끊어진 지 반년이 훌쩍 지났다.
"대체 어찌된 일이지?"
아버지는 한숨으로 세월을 보냈다. 마르코의 얼굴에도 근심과
걱정이 꽉 차 있었다. 형도 마찬가지였다.
'무슨 좋지 않은 일이라도 생긴 건 아닐까?'
어두운 생각들이 마음 속에 검은 구름처럼 덮여 있었다.
아버지는 생각다 못해 부에노스 아이레스에 있는 이탈리아
영사관에게 편지를 보냈다. 소식이 끊긴 어머니가 어디에
있는지 알아봐 달라는 부탁의 편지였다.

"영사관에서는 이탈리아 사람들이 어디에 있는지 다 알고 있거든. 이번에는 틀림없이 소식이 올 거야."

아버지의 말을 들은 마르코는 희망을 갖고 어머니의 소식을 기다렸다. 3개월이 지난 어느 날, 어머니가 계신 곳의 영사관으로부터 답장이 왔다.

아버지는 떨리는 손으로 편지 봉투를 뜯었다.

대단히 죄송합니다.

있을 만한 곳을 모두 찾아보고,

신문에 광고까지 냈으나 찾을 수가 없습니다.

편지를 읽은 아버지는 멍하니 벽만 바라보고 있었다. 정신이 없어 보였다. 마르코도 머리가 혼란스러워 뭐가 뭔지 잘 알 수가 없었다.

"아마 이름을 바꾸어 일하고 있는 모양이다. 남의 집 가정부 노릇을 하는 것이 부끄러워서 말이야. 그래서 영사관에서도 못 찾았을 거야."

아버지는 이렇게 중얼거렸다.

"그런데 이상하군. 꼬박꼬박 편지와 돈을 보내던 사람이
갑자기 사라지다니."

또 한편으로는 고개를 갸웃거리기도 했다.

"어떻게 하면 좋지? 내가 직접 아르헨티나로 찾아가야
하는데……."

아버지는 걱정을 하느라 잠을 이루지 못했다. 만약 지금
아르헨티나로 가게 되면 줄잡아도 두 달 이상이 걸린다.
그렇게 되면 모처럼 얻은 일자리를 놓치게 될 것이다. 열심히
벌어야 겨우 먹고 살 수 있는데, 일자리마저 잃을 수는 없는
일이었다. 그리고 아이들만 남겨놓고 가는 것도 마음이
놓이지가 않았다. 아버지는 이러지도 저러지도 못하고 끙끙
앓고 있었다.

형도 마찬가지였다. 형의 나이로는 얻기 힘든 일자리를 구해
이제 막 돈을 벌기 시작했는데, 그걸 팽개치고 아르헨티나로
갈 수는 없었다. 이러지도 저러지도 못하는 안타까운
형편이었다.

"아내가 빨리 돌아오게 해 주세요."

아버지는 습관처럼 중얼중얼 기도를 했다.

"빨리 어머니로부터 소식이 있게 해 주세요."

마르코도 아침부터 저녁까지 기도를 하면서 지냈다. 그러나 아무도 어머니에 대한 이야기를 입 밖으로 내지 않았다. 마르코의 집은 말을 잃은 사람들이 사는 집 같았다. 어머니에 대한 그리움을 가슴 속에 담아 둔 채 아무도 말을 하지 않았다. 어머니에 대한 말을 하는 것은 서로의 아픈 상처를 건드리는 것과 같았기 때문이다.

마르코는 어머니의 소식조차 없는 텅 빈 집에서 지내기가 너무나 힘들었다. 혼자 멍하니 창틀에 턱을 괴고 바다를 바라보며 몇 시간을 보내기도 했다. 아버지는 비 맞은 병아리처럼 혼자 쓸쓸하게 지내는 마르코를 볼 때마다 마음이 찢어지는 듯이 아팠다.

그러던 어느 날이었다. 그 날도 멍하니 바다를 바라보고 있던 마르코가 갑자기 소리쳤다.

"그래, 바로 그거야!"

마르코는 갑자기 힘이 솟는 듯 집안 청소를 하기 시작했다. 어머니가 떠나기 전에 했던 것처럼 커튼도 빨고 아버지와 형의 옷가지도 깨끗이 정돈했다.

"나도 이젠 열세 살이야. 무슨 일이라도 다 할 수 있어."

마르코는 그렇게 중얼거리며 휘파람까지 불어 댔다.

"아버지, 이제 오세요? 힘드시지요?"

일터에서 돌아오신 아버지는 달라진 집안 분위기에

어리둥절한 표정이었다.

"혹시 어머니한테 편지 왔니?"

아버지가 조심스럽게 물었다.

"아니오. 하지만 좋은 생각이 떠올랐어요."

"좋은 생각?"

아버지는 유난히 반짝거리는 마르코의 눈동자를 바라보며 물었다.

"아버지께서 허락만 해 주시면 돼요."

"무엇인데 그러니?"

"제가 어머니를 찾으러 아르헨티나로 가겠어요!"

"뭐라고?"

마르코의 뜻밖의 말에 아버지는 어이없다는 표정이었다.

"너는 아직 열세 살밖에 되지 않았어. 가는 데만 한 달 이상이나 걸리는 먼 곳을 네가 어떻게 간다고 그러니?"

아버지는 어림없는 소리 말라며 한 마디로 거절했다.

"배만 타면 저절로 아르헨티나에 닿게 되는데 무슨 걱정이에요. 아르헨티나에는 어른들뿐만 아니라 아이들도 많이 가 있대요. 아버지, 보내 주세요. 네?"

"안 돼! 어린 너를 그 먼 곳으로 보내고, 내가 어떻게 편히 잘 수 있겠느냐? 절대 안 된다."

아버지는 강하게 머리를 흔들었다. 그러나 마르코도
쉽게 단념하지 않았다.

"이렇게 걱정만 하다가는 식구들이 모두 병들어 죽고
말 거예요. 저도 어머니를 위해 아무 일도 못 하고 이렇게
걱정만 하고 있기는 싫어요. 무슨 일이라도 하고 싶어요.
제발 보내 주세요."

"네가 배를 타고 그 먼 나라에 간다고 해도 무슨 일을 어떻게
할 수 있겠느냐?"

"그런 걱정은 하지 마세요. 제가 알아서 할게요. 아르헨티나에
가면 아저씨네 가게부터 찾으면 되잖아요. 아저씨만 찾으면
어머니를 금방 찾을 수 있을 거예요. 만약 아저씨를 찾지
못하면 이탈리아 영사관에 가서 아저씨를 찾아 달라고 부탁할
수도 있고요. 아르헨티나에는 일자리가 많이 있대요. 저도
일자리를 찾아 일을 하면서 어머니를 찾을 거예요. 보내만
주시면 돌아오는 뱃삯은 제 힘으로 벌어서 꼭 어머니랑 같이
돌아오도록 할게요."

마르코는 이미 아르헨티나에 갈 생각을 하고 머릿속으로 세워
놓은 계획들을 줄줄 이야기했다.

"계획까지 다 세워 놓았구나. 그러나 마르코야, 너는 그렇게

먼 곳까지 가기에는 아직 어린 나이다."

아버지는 마르코가 무조건 가겠다고 억지를 부리는 것이
아니고, 어린아이답지 않게 그 곳에 가서 어떻게 할 것인지
계획까지 다 세워 놓은 것을 알고 놀라는 눈치였다.

그러나 아버지의 입장에서 어린 마르코를 혼자 보낼 수
없다는 생각에는 변함이 없었다. 아버지는 더 이상 이야기
하지 말라며 입을 다물어 버렸다.

그러나 마르코는 다음 날부터 며칠을 계속해서 졸랐다. 가서
어떻게 해서 어머니를 찾을 것인지 자기의 계획을 조리 있게
설명했고, 왜 자기가 가야 하는지도 이야기했다.

'그래, 마르코의 말이 옳을 수도 있어. 녀석은 내가 생각하는
것처럼 철없는 어린애만은 아니야.'

아버지의 마음은 차차 달라지기 시작했다. 아버지는 마르코가
영리하고 끈기가 있는 아이라고 생각했다. 평소 가난하고
힘든 생활 속에서도 희망과 용기를 잃지 않고, 항상 명랑한
성격을 지니고 있는 마르코에 대해 속으로 자랑스럽게
생각하고 있었다. 게다가 일을 하면서 돈을 벌어 엄마를 찾아
돌아오겠다는 생각까지 하는 마르코가 부쩍 어른이 된 느낌이
들기도 했다. 무엇보다도 어머니에 대한 강한 사랑이

기특하다는 생각이 들었다.

'마르코를 혼자 보내도 괜찮을 것 같아.'

아버지는 속으로 이렇게 생각을 하게 되었다. 그러나 막상
마르코를 보내겠다고 생각하니 다른 걱정이 생겼다.
아르헨티나까지 가는 뱃삯을 어떻게 마련하느냐 하는
것이었다. 어머니가 보내 준 돈은 이미 빚을 갚느라고 다
써 버렸기 때문이었다. 아버지가 버는 돈을 조금씩 모은다고
해도 뱃삯을 마련하기까지는 몇 달이 걸릴지 모른다.

'아무래도 마르코가 가는 것은 안 되겠어'.

아버지는 가늘게 한숨을 쉬며 신문을 집어 들었다. 마르코는

버릇처럼 멍하니 어두워지는 창 밖을 내다보고 있었다.

마르코는 눈치가 빠른 아이였다. 아버지가 마르코를

아르헨티나로 보내고는 싶어하나 뱃삯을 마련할 수 없어

고민하고 있다는 사실을 눈치채고 있었다.

창 밖의 나뭇잎들이 바닷바람에 살랑거리고 있었다.

"마르코야, 내 사랑하는 아들 마르코야!"

나뭇잎이 어머니가 흔드는 손바닥처럼 보였다.

'어머니!'

마르코는 나뭇잎을 향해 가볍게 손을 흔들었다. 그리고

유리창에 뿌옇게 입김을 불어 손가락으로 '어머니' 라고 썼다.

'왜 소식이 없는 거예요, 어머니!'

마르코는 다른 사람이 모르게 가늘게 한숨을 쉬었다.

"마르코야, 그만 자자."

아버지는 읽던 신문을 무릎에 놓고 의자의 등받이에 몸을

기댔다.

"네."

마르코가 힘없이 커튼을 내릴 때였다.

'탕탕탕!'

문을 힘차게 두드리는 소리가 들려 왔다.

어머니를 찾아서

"누가 왔나 봐요."

"이렇게 늦은 시간에 누가 찾아왔지?"

아버지가 벌떡 일어나 문을 열었다.

"안녕하신가?"

밖에는 선원 옷을 입은 뚱뚱한 남자가 서 있었다.

얼굴에 붉은 수염이 동그랗게 난 사람이었다.

"아니, 선장님 아니십니까? 오랜만입니다."

"오랫동안 만나지 못했지만, 건강해 보이니 다행이오."

"누추하지만 들어오시지요."

아버지는 선장이 갑자기 찾아온 일이 궁금한 듯한 눈치였다.

"바로 가 봐야 합니다. 여기서 간단히 말씀드리지요."

"네, 무슨 말씀이신지?"

"실은 마르코가 엄마를 찾으러 아르헨티나에 가고 싶어한다는
말을 듣고 이렇게 불쑥 찾아왔소."

마음씨 좋아 보이는 선장은 그렇게 말을 하고는, 옆에 서 있는
마르코를 바라보았다.

"안녕하세요!"

마르코는 고개를 숙여 인사를 했다.

"그래, 참 똑똑해 보이는구나."

선장은 마르코의 등을 토닥거렸다.

"어린 마르코가 엄마를 찾아 아르헨티나까지 가려고 한다는
말을 듣고 큰 감동을 받았습니다."

"하지만 생각같이 쉬운 일이 아니지요."

아버지가 풀기 없는 목소리로 말했다.

"마르코를 믿고 보내 보시지요. 제가 보기에는 잘 해낼 것
같습니다."

"그래요! 전 잘 해낼 거예요."

듣고 있던 마르코가 힘차게 말했다.

"하지만……."

"마르코가 가는 것을 허락해 준다면 부에노스 아이레스까지 가는 배표를 무료로 얻어 주려고 합니다."

선장이 아버지의 걱정이 무엇인지 알고 있다는 듯 작은 목소리로 말했다.

"네? 부에노스 아이레스까지 갈 수 있는 배표를 무료로 준다고요?"

마르코는 자기도 모르게 크게 소리치며 선장 앞으로 한 걸음 다가섰다. 마치 꿈을 꾸는 것만 같았다.

"그게 정말인가요?"

"암, 정말이고말고."

선장은 고개를 크게 끄덕이며 환하게 웃었다. 그러나 아버지는 멍한 표정으로 아무 말도 않고 서 있기만 했다.

"어떻게 하시겠소?"

선장은 깊은 생각에 잠긴 아빠의 얼굴을 쳐다보며 물었다.

"고마운 말씀이긴 합니다만……."

"아버지, 저는 꼭 가겠어요. 너무나 좋은 기회잖아요. 보내 주세요. 네?"

마르코는 아버지의 말을 막고 졸라 댔다. 아버지는 그런 마르코를 보며 도저히 거절할 수가 없었다.

"좋습니다. 염치 없지만 선장님의 친절을 기꺼이
받아들이겠습니다."

"아버지, 고맙습니다. 선장님, 감사합니다."

아버지의 말이 떨어지기가 무섭게 마르코는 좋아서 어쩔 줄
몰라하며 펄쩍펄쩍 뛰었다.

"좋습니다. 내가 가서 말을 해 놓을 테니 모래쯤 와서 배표를
받아 가도록 하시오. 마르코가 엄마의 주소를 모른다고 하니
그것이 걱정이 되긴 하지만, 똑똑한 아이니까 잘 하겠지요."

"들어오세요. 차라도 한 잔 하고 가시지요."

"아닙니다. 바삐 갈 데가 있어서요."

"바쁜 시간 내서 이렇게 도움을 주시니 정말 감사합니다."

"이 모두가 꼬맹이 마르코의 효심에 감동을 받아서 그런 것
아니겠습니까. 하하!"

선장은 무료 배표를 얻을 장소를 알려 준 다음, 맘씨 좋아
보이는 너털웃음을 웃으며 돌아갔다. 마르코는 마음이 들떠서
잠을 잘 수가 없었다. 장마철같이 흐리고 눅눅했던 집안에
갑자기 햇살이 비치고, 아름다운 꽃이 핀 것 같았다.

"저는 잘 해낼 거예요. 꼭 어머니를 찾아 돌아올 거예요."

마르코는 자기 자신에게 다짐을 하듯 중얼거렸다.

"그 선장님은 참 좋으신 분 같아요."

아버지는 고개를 끄덕였다. 아버지도 잠이 오지 않는지 밤 늦게까지 읽지도 않는 신문을 뒤적거리고 있었다.

마르코는 억지로 자리에 누웠다가 깜박 잠이 들었다. 잠을 자면서 계속 꿈만 꾸었다. 배를 타고 가는 꿈과, 낯선 거리에서 어머니를 찾아 헤매는 꿈이었다. 어머니를 아무리 크게 불러도 소리가 입 밖으로 나오지 않았다. 마르코는 식은 땀을 흘리며 일어났다가 다시 잠이 들곤 했다. 그러면 아까 그 꿈이 또 계속되었다.

그러나 아침에 일어나니 다른 세상에 와 있는 기분이었다. 색이 바랜 커튼의 꽃무늬가 갑자기 화려해 보였다. 얼룩진 벽도 햇살을 받아 환하게 웃는 것 같았다. 짹짹거리는 참새들도 즐거운 노래를 부르는 것 같았으며, 창문 안으로 불어 오는 바람마저도 부드럽고 상쾌했다.

'어머니, 조금만 기다리세요. 이 아들이 찾으러 갈게요.'

마르코는 콧노래를 부르며 좋아했다. 어머니를 만나는 상상을 하다 보면 하루가 금방 가곤 했다.

이틀 후에 아버지가 배표를 받으러 나가셨다. 마르코는 두근거리는 가슴으로 아버지가 오시기를 기다렸다.

'혹시 배표가 없어서 못 받아
오시면 어떡하나?'
마르코는 괜한 걱정을 했다.
"마르코, 배표다!
일 주일 후에 출발이다."
마르코의 걱정스런 마음을
알았는지, 아버지는
밖에서부터 소리치며
들어오셨다.

"야아, 배표구나! 이것이 어머니께 갈 수 있는 배표야."

마르코는 신기한 물건을 보듯이 자꾸만 배표를 들여다

보았다. 출발 일자가 4월 22일이라고 씌어있었다.

"그렇게 들여다보다가는 배표가 닳아 없어지겠다."

아버지가 웃으며 하는 말에 마르코도 깔깔깔 웃어 댔다.

그 날부터 일 주일 동안 마르코는 떠날 준비에 바빴다.

마르코는 자신이 들 수 있는 작은 트렁크에 갈아입을 옷들을

넣고 다른 필요한 물건들을 챙겨 넣었다.

"자, 내일이면 출발이다. 오늘은 푹 자 두어라."

떠나기 하루 전날, 아버지와 형은 마르코가 가져갈 물건들을

다시 확인하여 챙기며 당부의 말을 하고 또 했다.

"이것은 멜레리 아저씨네 집 주소다. 잃어버리지 않도록

잘 간직해야 한다."

아버지는 멜레리 아저씨네 주소가 적힌 종이를 마르코의

저고리 안주머니에 넣어 주었다.

"돈을 넉넉하게 주지 못해서 마음에 걸리는구나."

"괜찮아요. 걱정하지 마세요."

마르코는 시원스럽게 대답했다.

"아무쪼록 병에 걸리지 않도록 조심해야 해."

"혹시 나쁜 사람들이 있을지 모르니, 정신을 바짝 차리고."

"알았으니 염려 마세요."

마르코는 곧 잠이 들었다. 침대가 배처럼 흔들거리는 것

같았다. 마르코의 마음은 이미 배를 타고 있었다.

드디어 4월 22일. 저녁 노을이 바다를 붉게 물들이고 있었다.

배는 밤에 출발하기로 되어 있었다. 배를 탈 사람들이 부두로

몰려 나오고 있었다. 작은 트렁크 한 개를 든 마르코도

그 사람들 틈에 끼여 배로 향했다.

"마르코, 몸조심 해야 한다."

아버지는 아까부터 같은 말을 반복하고 있었다.

"마르코, 잘 다녀와."

형도 아무렇지도 않은 척 밝은 목소리로 말하려고 노력했다.

출항을 알리는 뱃고동 소리가 가슴 깊이 파고들었다.

"마르코!"

아버지는 마르코를 꼭 부둥켜안았다.

"정신 바짝 차리거라. 하느님은 너를 꼭 지켜 주실 거야."

아버지는 손등으로 눈물을 닦으며 말했다. 마르코의 눈에도

눈물이 반짝였다. 형도 눈물을 닦으며 억지로 웃어 보였다.

울어 대던 뱃고동 소리가 그치자 전송 나온 사람들이 배에서

내렸다. 아버지와 형도 배에서 내리며 손을 흔들었다.

"염려 마세요, 잘 다녀오겠습니다."

마르코는 일부러 큰 소리로 말했다. 배가 천천히 움직이기
시작했다. 마르코는 갑판에 서서 모자를 흔들며 다시
큰 소리로 외쳤다.

"꼭 어머니를 찾아 돌아오겠습니다!"

"그래, 너를 믿는다. 마르코!"

아버지가 두 손을 높이 들어 힘차게 흔들어 보였다.
아버지와 형의 모습이 점점 멀어지기 시작했다. 드디어
어머니를 찾아 아르헨티나를 향한다는 설레임과, 제노바를
떠난다는 서글픔이 함께 몰려왔다. 점점 멀어지던 아버지와
형의 모습이 어둠 속에 묻혀 희미하게 사라졌다. 제노바
항구의 불빛만이 어둠 속에서 깜박이고 있었다. 마르코는
갑자기 제노바의 거리가 그리워졌다. 바다를 한눈에
내려다보던 언덕이며 뱃사람들 사이로 뛰어다니던 거리들이
보고 싶어졌다. 마르코는 어둠 속에서 제노바의 거리가
보이기라도 하는 것처럼 불빛들을 바라보았다. 그러나 조금
지나자 별빛처럼 깜박이다가 끝내는 작은 반딧불처럼 작아진
불빛이 완전히 보이지 않게 되었다.

마르코는 그제야 갑판 주위를 둘러보았다. 갑판 위에는 많은 사람들이 끼리끼리 모여 앉아 떠들고 있었다. 모두 이탈리아에서는 살기가 힘들어 남아메리카로 이민을 가는 사람들이었다. 갑판 아래 선실도 사람들로 붐볐다.

'이렇게 많은 사람들이 이민을 가는구나.'

마르코는 자기도 이 사람들 틈에 끼여 남아메리카의 아르헨티나로 가고 있다는 사실이 꿈만 같았다. 자신이 대견스러웠다. 그러나 그렇게 많은 사람들 중에 아는 사람이 하나도 없었다. 웃고 떠드는 사람들과는 전혀 다른 세상에 홀로 떨어져 있는 듯한 기분이었다. 오직 작은 트렁크 하나만이 마르코의 곁을 지켜 주고 있었다. 마르코는 갑자기 슬픈 생각이 들어서 무릎 사이에 얼굴을 파묻고 눈물을 뚝뚝 떨어뜨렸다. 밤이 깊어지자 다른 사람들은 대부분 잠자리에 들었지만 마르코는 좀처럼 잠을 이룰 수가 없었다.

'어머니, 어디에 계시나요. 왜 편지를 보내지 않는 거예요!'

집에 있는 아버지와 형 생각도 났다.

'나마저 없으니 얼마나 쓸쓸할까? 아마 내 걱정을 하느라고 오늘 밤은 주무시지도 못할 거야.'

마르코는 이런 생각 저런 생각을 하다가 스르르 잠이 들었다.

외로운 바다 여행

시끄러운 소리에 눈을 뜨니 어느 새 아침이었다. 한쪽 구석에
쪼그리고 자서 그런지 몸이 개운치가 않았다. 팔을 휘둘러
몸을 풀고 세수를 했다. 식사를 하기 위해 식당으로 갔지만
입맛이 없었다. 겨우 접시에 담긴 수프를 반쯤 먹다 말고 다시
갑판 위로 올라갔다.

사방을 둘러보아도 보이는 것이라고는 바다뿐이었다. 그 바다
위에 4월의 따뜻한 햇살이 반짝거리고 있었다.

'하룻밤을 지냈으니 어머니가 계시는 아르헨티나와 그만큼

가까워 졌겠지.'

마르코는 멀리 하늘과 맞닿아 있는 수평선을 바라보며 깊은 생각에 잠겼다.

'어머니는 내가 이렇게 배를 타고 찾아가는 줄은 꿈에도 모르고 계시겠지.'

마르코는 반 년 이상 편지 한 장 없었고, 여러 가지 방법으로 소식을 알아보았으나 계시는 곳을 알 수 없는 이유가 궁금했다. 그러다 문득 불길한 생각이 뇌리를 스쳤다. 그것은 혹시 돌아가시지나 않았을까 하는 생각이었다.

"아니야, 그럴 리가 없어. 나를 두고 그렇게 쉽사리 돌아가실 어머니가 아니야!"

마르코는 머리를 세차게 흔들어 댔다. 그러나 다시 불길한 생각이 슬그머니 머리를 들곤 했다. 마르코의 마음 속에서는 정반대의 생각들이 서로 다투고 있었다.

'혹시, 돌아가셨을지도……'

'아니야, 그럴 리가 없어.'

'그러면 왜 이렇게 오랫동안 소식이 없을까?'

'무슨 말 못 할 사정이 있으실 거야.'

'아냐, 어머니는 이미……'

'그렇지 않아.'

마르코는 이렇게 생각들과 싸우면서 갑판 구석에 쪼그리고
앉아 있었다. 끼니때가 되어도 별로 입맛이 없어서
식사도 제대로 하지 못했다. 슬프고 두려운
생각은 낮에만 찾아오는 것이 아니었다.
잠이 오지 않는 밤에도 잠깐씩 눈을
감으면 꿈 속에서 낯선 남자가 보이곤
했다. 낯선 남자는 늘 마르코의

얼굴을 뚫어지게 들여다보고
있었다.

그러다가 기분 나쁜 목소리로 속삭이곤 했다.

"너의 어머니는 돌아가셨단다."

그 때마다 마르코는 진저리를 쳤다.

"네? 우리 어머니가 돌아가셨다고요?"

목소리를 높여 되묻다가, 그 소리에 놀라 잠을 깨곤 했다.

"휴우! 꿈이라서 다행이다."

마르코는 선실 안에서 잠든 사람들을 바라보며 자기도 모르게
큰 소리 친 것을 미안해했다.

배가 지브롤터 해협을 지나 대서양으로 접어들었다. 마르코는
어느 정도 배 안의 생활에 익숙해졌다. 음식도 잘 먹고 밤에
잠도 푹 잘 수 있었다.

그러나 배가 남쪽으로 향하면서부터는 뜨거운 태양 때문에
고생을 해야 했다. 사람들은 더위와 멀미에 시달려 갑판
여기저기에 쓰러져 있었다. 가난에 찌들어 지치고 모든 것이
귀찮은 듯한 표정을 짓는 사람들의 모습이 한없이 슬프게만
보였다. 마지막 수단으로 정든 고향을 떠나 머나면
아르헨티나로 떠나는 사람들은 마치 병자처럼 누워 있었다.

그런 사람들을 보고 있노라니 마르코의 마음도 자꾸만 약해지는 것 같았다.

아침에 일어나면 배는 변함없이 망망한 바다를 미끄러지듯 가고 있었다. 대체 이 배는 자기가 갈 목적지를 제대로 알고 가는 것인지 걱정스럽기도 했다. 마르코가 보기에는 사방이 바다여서 방향을 분간할 수 없었기 때문이다.

'배야, 좀더 빨리 달려라.'

마르코는 갑판 위에 서서 마음 속으로 재촉했다. 날짜를 세어 보니 출발한 지 열흘도 지나지 않았는데 1년은 지난 것 같았다.

그러던 어느 날 저녁 무렵이었다. 마르코는 다른 날과 마찬가지로 수평선 너머로 사라지는 해를 구경하려고 갑판 위로 나갔다. 그러나 갑자기 나타난 검은 구름이 해를 가리고 세찬 바람이 불기 시작했다. 나중에는 굵은 빗방울까지 후두둑 떨어졌다.

"폭풍우가 몰려온다!"

"갑판 위에 있으면 위험하니 모두 선실로 들어가시오!"

선원들이 소리쳤다. 사람들은 겁먹은 얼굴을 하고 선실로 들어갔다. 밤이 되자 배는 나뭇잎처럼 흔들리기 시작했다.

마르코는 몸의 중심을 잃지 않으려고 기둥을
꼭 잡고 앉았다. 선실 안의 짐짝들이 이리저리
뒹굴다가 서로 부딪치고 깨어지기도 했다.
사람들도 뒹굴고 넘어졌다. 여기저기서
여자와 아이들이 겁에 질려 비명을 지르기도
했다. 심한 배멀미로 토하면서 괴로워하는
사람들도 많았다.
'아, 이대로 배와 함께 바닷속으로 가라앉아
죽으면 어떡하지?'
마르코는 잔뜩 겁이 났다. 머리가 어지럽고
속이 울렁거렸다. 마르코는 작은 트렁크를
가슴에 안고 기둥을 꽉 붙잡았다.
'어머니를 찾을 때까지는 절대로 죽을 수
없어. 나를 기다리는 아버지와 형을
생각해서라도 살아야 해.'
마르코는 용기를 잃지 않기 위해 계속해서
자기 자신에게 고함을 지르며 견뎌 내고
있었다.
폭풍우는 사흘이 지나서야 가라앉았다.

"이제야 살았다!"

사람들은 오랜만에 갑판 위로 올라갔다. 하늘은 언제
폭풍우가 쳤느냐는 듯이 구름 한 점 없이 파랗기만 했다.
사람들은 선실을 청소하고 정리했다.

그러나 이번에는 폭풍우 대신 한여름 햇볕처럼 따가운 햇살이
사람들을 괴롭혔다. 사람들은 모두 바람이 부는 갑판 위로
올라갔다. 뱃전에 기댄 사람들, 돛대 밑에 기대앉은 사람들,
갑판 위에 아무렇게나 누워 있는 사람들이 한없이 처량해
보였다. 그 중에는 고열에 시달리거나 심하게 아픈 사람도
있었다.

마르코는 바다가 이렇게 넓다는 사실을 처음 깨달았다.
이토록 멀고 험한 여행을 하면서 돈벌이를 떠난 어머니가
불쌍하다는 생각이 들었다.

'언제쯤 아르헨티나에 닿게 될까? 영원히 이렇게 바다에
떠 다니는 것은 아니겠지?'

마르코는 불안한 생각을 떨쳐 버리기 위해 고개를 저었다.
언제나 같은 모습의 수평선을 계속 바라보고 있노라면 마치
요술에 걸리듯 스르르 졸음이 왔다. 마르코는 졸지 않으려고
심호흡을 했다. 그러나 자기도 모르게 다시 눈이 감겼다.

마르코의 몸도 그만큼 약해져 있었다.

"네 어머니는 돌아가셨단다."

눈이 감길 때마다 꿈에 나타났던 낯선 남자의 얼굴이 가까이 다가서며 속삭였다. 깜짝 놀라 눈을 번쩍 뜨면 그 남자는 수평선 멀리 사라지곤 했다.

배가 목적지에 도착할 날을 사흘 앞둔 때부터 마르코는 점점 힘을 얻기 시작했다. 아침에는 간단히 운동도 하고 음식도 다 먹으려고 노력했다. 몸이 건강해야 어머니를 찾으러 다닐 수 있다고 생각했기 때문이었다. 무엇보다도 며칠 후면 바다에서 벗어나 육지를 밟을 수 있다는 생각에 힘이 솟았다.

마르코는 여느 때와 같이 갑판에 나가 혼자 먼 수평선을 바라보고 있었다. 금방이라도 육지가 나타날 것만 같았다. 그 때였다.

"애야, 어디까지 가는 게냐?"

누군가 말을 걸어 왔다. 뒤를 돌아보니 농부 차림을 한 할아버지가 서 있었다. 한눈에 보아도 인자한 모습이었다.

"저는 부에노스 아이레스까지 갑니다."

"보아하니 혼자인 것 같은데, 무슨 일이라도 생긴 게냐?"

"어머니를 찾으러 갑니다."

"어머니를?"

마르코는 오랜만에 말할 상대가 생겨 기분이 좋았다. 그래서
할아버지에게 혼자 여행을 하게 된 자세한 이야기를 했다.

"그랬었구나. 어린 나이에 참 기특하구나."

할아버지는 고개를 끄덕이며 중얼거렸다.

"할아버지는 어디로 가세요?"

"응. 나는 론바르지아에서 사는데, 로사리오라는 도시
근처에서 농사일을 하고 있는 아들을 찾아가는 길이란다.
네가 가는 부에노스 아이레스에서 가까운 곳이지."

"저는 바다 여행이 이렇게 힘든 줄 몰랐어요. 배만 타고
있으면 쉽게 가는 줄 알았거든요."

"하하, 지루하고 피곤한 여행이지. 하지만 도착할 날이 얼마
남지 않았다. 기운을 내. 네 어머니는 꼭 찾을 수 있을 거야."

할아버지는 마르코의 등을 다독거리며 용기를 주었다.

마르코는 할아버지와 금방 친해졌다. 지금까지의 슬프고
외로웠던 기분이 말끔히 사라졌다. 할아버지와 함께 식사를
하고, 갑판 위를 걷기도 했다. 이탈리아에서 있었던 일을 서로
이야기하기도 했다.

밤이 되면 이민을 가는 사람들이 반짝이는 밤 하늘의 별을

쳐다보며 노래를 부르곤 했다. 그리운 고향이 생각나는
노래들이었다. 마르코는 파이프를 입에 문 할아버지 곁에
앉아 그 노랫소리를 들었다.

마르코는 부에노스 아이레스에 도착하여 어머니를 찾는
모습을 상상해 보았다. 어렵사리 주소를 찾아서 아저씨를
만난다. 아저씨는 어린 마르코를 보고 깜짝 놀란다.

"우리 어머니 어디 계시지요?"

"네 어머니는 잘 있단다. 걱정 말아라."

아저씨를 따라 복잡한 길을 걸어간다. 커다란 집 앞에 멈춰 선
아저씨가 벨을 누른다. 문이 열리고 어머니가 나타난다.

"어머니!"

"아니, 이게 누구야? 마르코 아니냐?"

어머니와 마르코는 서로 부둥켜안고 너무 기뻐서 엉엉 운다.
너무나 달콤한 상상이었다.

'어머니, 이제 곧 어머니 곁으로 갑니다. 어머니는 제가
이렇게 찾아가고 있는 것을 모르시겠지요. 이제 조금만 더
기다려 주세요.'

마르코는 밤 하늘의 별들을 보며 속삭였다.

'어서 오너라, 마르코!'

어머니의 목소리가 들리는 듯했다. 밤 하늘 가득히 그리운
어머니의 얼굴이 떠올랐다.

부에노스 아이레스에서의 실망

하늘이 맑게 개인 5월의 아침이었다.

제노바 항구를 출발한 지 27일 만에 배는 부에노스 아이레스

항구로 들어서고 있었다.

마르코는 꿈을 꾸는 것만 같았다. 마르코에게는 숲이며

마을이며 북적대는 선창가의 사람들 모두가 아름답게만

보였다. 5월의 맑은 햇살이 마르코의 앞날에 행복을 약속해

주는 것처럼 생각되었다.

'어머니는 여기서 불과 8킬로미터 떨어진 곳에 계신다.

앞으로 두세 시간 후면 만날 수 있어.'

이런 생각만으로도 마르코의 가슴은 쿵쿵 뛰었다.

'드디어 아르헨티나에 왔다. 나 혼자서 왔어!'

마르코는 고통스럽고 지루했던 긴 여행이 하룻밤의

꿈처럼 느껴졌다.

마르코는 배에서 내릴 준비를 했다.

"어?"

짐을 정리하다 보니 호주머니 속에 넣어 두었던 돈이 보이지

않았다. 마르코는 제노바를 떠날 때 얼마 되지 않는

돈이지만 둘로 나누어 호주머니

속에 넣어 두었다.

혹시 잃어버리더라도 절반은 남아 있어야 하기 때문이었다.
그런데 그 중에 하나가 없어진 것이었다.

'누군가 내가 잠든 사이에 가져간 모양이야.'

마르코는 조금 기분이 나빴으나 크게 걱정하거나 슬퍼하지
않았다. 그만큼 부에노스 아이레스에 무사히 도착했다는
기쁨이 컸던 것이다.

"그런 것쯤은 아무래도 좋아. 이제 곧 어머니를 만나게 되는데
그까짓 돈 좀 잃어버리면 어때?"

마르코는 기분을 바꾸기 위해 혼자말이지만 조금 크게
중얼거렸다. 그러고는 작은 트렁크를 들고 할아버지 곁으로
달려갔다.

"할아버지, 드디어 도착했어요!"

마르코의 목소리는 감격으로 떨렸다.

"그래, 무사히 오게 되어 다행이다. 나는 다음 항구까지 더
가야 하니까 여기서 헤어져야 하겠구나. 조심해서 잘 가거라.
네 어머니는 틀림없이 찾게 될 거야."

"감사합니다. 할아버지도 몸조심 하시고 안녕히 가세요."

할아버지는 웃으면서 손을 내밀었다. 마르코와 할아버지는
손을 잡고 힘차게 흔들었다.

마르코는 줄을 지어 내려가는 많은 이탈리아 사람들 틈에
끼여 조그만 증기선에 옮겨 탔다. 큰 배가 직접 부두에 닿을
수 없기 때문에 작은 배로 가는 것이었다. 커다란 배 갑판에서
할아버지가 손을 흔드는 모습이 보였다. 마르코도 손을
흔들었다.

증기선에 탄 사람들은 얼마 후, 다시 보트에 옮겨 탔다.
마르코는 앙드레 드링이라는 이름이 적혀 있는 보트로
갈아타고 육지에 닿았다.

'얼마 만에 밟아 보는 땅인가?'

마르코는 뚜벅뚜벅 신발 소리를 내며 땅을 힘차게 밟고
걸었다. 그러다가 가슴을 두근거리며 사람들 사이를 빠져
나왔다. 사람들이 바쁘게 걸어다니는 넓은 길로 들어선
마르코는 안주머니 깊숙이 넣어 둔 종이 쪽지를 꺼냈다.
마침 초라한 작업복 차림의 남자가 지나가고 있었다.

"아저씨, 로스 아르테스 마을을 찾고 있는데, 어느 쪽으로
가야 하나요?"

그 사람은 별난 꼬마도 다 있다는 듯, 이상한 눈빛으로 잠시
마르코의 얼굴을 보더니 되물었다.

"너 글을 읽을 줄 아니?"

그는 이탈리아 말로 물었다. 마르코는 다행스럽게도
이탈리아 사람에게 길을 물은 것이다.

"네, 읽을 줄 알아요."

"그럼 곧장 뻗은 저 길을 따라 계속 가거라. 가다 보면
길모퉁이에 거리 이름이 씌어 있을 거야. 그것을 보면서
찾아가면 된다. 하지만 그 곳까지는 꽤 먼 거리인데……."

아저씨는 아무래도 어린아이가 혼자 길을 찾아가는 것이
걱정스러운 모양이었다.

"아저씨, 고맙습니다."

마르코는 그런 아저씨의 걱정을 덜어 주기 위해 크고 밝은
목소리로 인사를 한 다음 빠르게 걸어갔다. 아저씨가 말한
곧장 뻗은 길은 가도 가도 끝이 없어 보였다. 길 양쪽에는
별장 같은 하얀 집들이 줄지어 있었다.

커다란 길에는 마차와 짐수레와 사람들이 끊임없이
지나다녔고, 시끄러운 소리들이 귀를 멍멍하게 했다.

여기저기에는 커다란 깃발이 나부끼고 있었다. 그 깃발에는
다른 도시로 가는 기선 출발 시간들이 씌어 있었다. 가끔
집채보다 더 큰 기선 회사의 간판들도 보였다.

이런 모든 것들이 마르코를 어리둥절하게 했지만, 정신을

똑바로 차리고 길가에 씌어 있는 거리의 이름을 살피며
걸었다. 그러나 가도 가도 계속 다른 거리의 이름만 나왔다.
마르코가 걷고 있는 길 저 편에는 아르헨티나의 끝없이 넓은
들판이 바다처럼 펼쳐져 있었다.

'이 길은 내가 건너온 바다처럼 끝이 없는 것 같아. 과연
아르헨티나는 넓은 나라구나.'

마르코는 이런 생각을 하며 정신을 바짝 차리고 길가에 씌어
있는 거리의 이름을 살폈다. 혹시나 잘못 보고 지나치지
않을까 걱정이 되어, 본 곳을 또 두리번거리며 확인하곤 했다.
마르코는 힘이 들었지만 어머니를 만날 수 있다는 희망으로
용기를 냈다.

거리의 이름이 바뀔 때마다 '이번에는 나오겠지' 하는 기대를
안고 거리 이름을 살폈다. 그러다가 다른 이름이 나오면
실망을 했다가 다시 힘을 내어 걷곤 했다.

'혹시 어머니가 이 길로 지나가실지도 몰라.'

마르코는 지나가는 여인들의 얼굴을 찬찬히 살피며 걸었다.
얼굴이 잘 보이지 않을 때는 창피한 줄도 모르고 가까이 가서
들여다보았다.

마르코는 다정하게 웃음짓는 어머니의 얼굴을 떠올리며

걸음을 빨리했다. 몇 시간이나 걸었을까 네거리에 이른
마르코는 그 자리에 우뚝 섰다. 가슴이 심하게 뛰었다. 틀림
없이 '델 로스 아르테스' 라고 씌어 있었다. 마르코는 '델 로스
아르테스' 라고 소리내어 읽으면서 다시 확인을 했다.

"이 동네야! 멜레리 아저씨의 가게가 있는 동네야."

마르코는 힘이 솟구쳤다. 길모퉁이에 있는 집 주소를
살펴보니 117번지라고 씌어 있었다.

'멜레리 아저씨의 집이 175번지니까 번지가 많은 쪽으로 계속
가면 되겠어.'

마르코는 길을 가로질러 왔다 갔다 하면서 번지수가 많아지는
쪽으로 달렸다.

171번지까지 왔을 때, 마르코는 숨이 턱에 차서 잠시 걸음을
멈추었다. 마르코는 손을 양 무릎에 짚고 심호흡을 했다.
한참 동안 이렇게 숨을 고르던 마르코는 두근거리는 가슴을
쓸어 내렸다.

"174, 175……. 여기다!"

마침내 마르코가 찾던 집이었다. 문 앞에 175번지라고 씌어
있는 집은 작은 잡화상이었다. 가게에는 양동이, 비누, 휴지
등이 진열되어 있었다. 마르코가 살그머니 들여다보니 머리가

하얀 할머니 한 분이 앉아 뜨개질을 하고 있었다.

"무얼 사러 왔니?"

할머니가 마르코를 보고 스페인 말로 물었다.

"저어, 이 집이……."

마르코는 너무 기뻐 말이 잘 나오지 않았다. 할머니는 그런

마르코가 차분하게 말을 하도록 기다렸다.

"여기가 프란체스코 멜레리 아저씨의 가게인가요?"

할머니는 이상하다는 듯이 마르코를 위아래로 훑어보다가

이탈리아 어로 말했다.

"프란체스코 멜레리 씨는 돌아가셨단다."

"네? 돌아가셔요?"

마르코의 머리에서 갑자기 띵 하고 울리는 소리가 났다.

온몸의 힘이 쑤욱 빠지는 듯했다.

"어, 언제 돌아가셨어요?"

"한참 됐지, 아마?"

할머니는 고개를 갸웃거리며 말을 이었다.

"그러니까 프란체스코 멜레리 씨가 없어진 지는 반 년쯤

되었겠다. 장사는 잘 되지 않고 빚은 늘고 해서 밤중에 몰래

도망을 갔거든. 사람들 말로는 여기서 멀리 떨어진 바이아

블랑카라는 곳으로 갔다더구나. 거기 가자마자 곧

돌아가셨다더라. 하여튼 지금은 내가 이 가게 주인이란다."

할머니의 말을 듣는 동안 마르코는 실망으로 얼굴이 하얗게

질려 있었다.

"그래, 너는 무슨 일로 그분을 찾니?"

할머니가 동정어린 눈빛으로 바라보며 물었다.

"이 곳으로 돈벌이를 오신 어머니를 찾아왔어요. 멜레리

아저씨가 어머니 계시는 곳을 안다고 해서 찾아온 거예요."

"저런, 안됐구나. 너는 어디서 여기까지 온 거니?"

"이탈리아에서 왔어요."

"뭐? 네가 혼자 이탈리아에서 여기까지 왔단 말이니?"

할머니는 믿기지 않는다는 표정이었다.

"거의 한 달이나 배를 타고 왔어요."

"저런, 쯧쯧!"

할머니는 마르코가 너무나 딱해 보여 혀를 끌끌 찼다.

그러다가 갑자기 생각난 듯이 말했다.

"참, 잘은 모르지만 이웃집에 멜레리 씨의 심부름을 하던

소년이 있는데, 그 아이한테 물어 보면 뭔가 알고 있을지도

모르겠구나."

"네? 정말이세요? 그 소년을 만나 보고 싶어요."

할머니는 뜨개질감을 내려놓고 밖으로 나왔다.

"이리 따라오너라."

마르코는 한 가닥 희망을 안고 할머니 뒤를 따랐다. 할머니는

가까운 술집으로 들어갔다.

"얘야, 나 좀 보자."

할머니는 가게 안으로 들어가 버터와 술통을 정리하고 있는

소년을 불렀다.

"너 전에 우리 가게의 주인이었던 멜레리 씨의 심부름으로

아르헨티나 사람네 집에서 일하고 있던 여자에게 편지를 갖다

주곤 하지 않았니?"

"네, 그랬어요. 바로 메키네츠 씨 집이에요. 그 집 가정부에게

편지를 갖다 주곤 했어요. 우리 가게에서 기름을 배달해 준

적도 있어요."

마르코보다 두세 살쯤 나이가 많아 보이는 소년은 똑똑한

목소리로 대답했다.

"이 애가 그 여자를 찾는데, 어딘지 가르쳐 주지 않을래?"

"제발 좀 도와 줘. 많이 줄 수는 없지만 돈을 조금 줄게."

옆에 있던 마르코가 부탁했다.

"그래? 가자."

소년은 시원스럽게 앞장을 섰다. 마르코는 할머니께 고맙다는

인사를 하고 소년의 뒤를 따라 걸었다.

마르코와 소년은 복잡한 거리를 거의 뛰다시피 했다. 소년은

네거리를 여러 번 지나 골목으로 접어들어 걸음을 멈췄다.

"이 집이야."

"고마워."

마르코와 소년은 커다란 철문을 지나 안으로 들어갔다.

정원에는 아름다운 꽃들이 가득 피어 있었다. 초인종을

누르자 곧 현관문이 열리고, 예쁜 레이스가 달린 옷을 입은

소녀가 나왔다.

"여기가 메키네츠 씨 댁이니?"

마르코가 조심스럽게 물었다.

"응, 전에 그분이 여기서 살았었어. 하지만 지금은 다른 데로

이사 갔어."

소녀는 이탈리아 말을 스페인 식으로 발음하였다.

"이사 갔다고?"

마르코의 목소리는 실망으로 풀이 죽어 있었다.

"어디로 이사 갔는지 모르니?"

마르코는 마음 속으로 그 소녀가 알고 있기를 빌면서 물었다.

"코르도바라고 했던 것 같아."

"코르도바가 어디야? 그 집에서 일하던 가정부도 함께 따라갔을까? 그분이 바로 우리 어머니거든."

마르코는 당황하여 한꺼번에 물었다.

"글쎄……, 어쩌면 우리 아빠가 알고 계실지도 몰라. 잠깐만 기다려 봐."

소녀는 그렇게 말하고 안으로 들어갔다. 얼마 뒤에 소녀를 앞세우고 키가 크고 잿빛 수염을 기른 신사가 현관으로 나왔다.

"어머니를 찾는다는 아이가 누구지?"

신사는 서투른 이탈리아 말로 두 아이를 번갈아 보며 물었다.

"접니다."

마르코가 조금 앞으로 나서며 대답했다.

"너는?"

신사는 마르코 옆에 있는 소년을 보면서 또 물었다.

"저한테 이 집을 가르쳐 주려고 따라온 아이입니다."

마르코가 대신해서 대답했다. 신사는 천천히 고개를 끄덕였다.

"어머니가 제노바 사람이냐?"

"네. 제노바에서 왔어요."

"음, 메키네츠 씨는 분명히 제노바에서 왔다는 가정부를 데리고 있었지. 코르도바로 이사 갈 때 함께 간 것이 틀림없어."

"지금 당장 코르도바로 가겠어요. 어느 쪽으로 가면 되는지 가르쳐 주세요."

마르코는 간절하게 부탁을 했다.

"유감스럽게도 여기서 코르도바까지는 100킬로미터 이상 된단다. 일 주일 동안 걸어야만 겨우 갈 수 있는 곳이야."

"네? 그렇게 멀어요?"

마르코는 눈앞이 아찔하여 그대로 쓰러질 것만 같았다.

마르코는 현관 기둥을 잡고 겨우 몸을 가누었다.

"저런, 충격이 큰 모양이구나. 잠시 안으로 들어오너라."

신사가 먼저 안으로 들어갔다. 마르코와 소년도 따라 들어갔다. 값비싼 장식품들이 많이 진열되어 있는 화려한 방이었다.

"앉아라."

마르코와 소년은 몸이 푹 파묻히는 부드러운 의자에 앉았다.

"너의 어머니는 무슨 까닭으로 여기까지 오셨지?"

신사는 담배에 불을 붙이면서, 부드러운 목소리로 물었다.

마르코는 집안 사정과 어머니의 소식이 끊긴 지금까지의

사실을 모두 이야기했다.

고개를 끄덕거리며 듣고 있던 신사는 무슨 생각이 났는지

불쑥 물었다.

"돈은 얼마나 가지고 있니?"

"많지는 않지만 조금 가지고 있습니다."

마르코는 솔직하게 대답했다. 신사는 잠시 무엇인가를

생각하더니 곧 소녀에게 펜과 종이를 가져오라고 해서

무엇인가를 썼다. 신사는 그것을 봉투에 넣어 마르코에게

주었다.

"이 편지를 가지고 보카로 가거라. 보카는 작은 마을이니까

이 편지에 쓴 사람을 쉽게 찾을 수 있을 거야. 그 사람에게

이 편지를 보이면 로사리오까지 데려다 줄 것이다.

로사리오에서는 또다른 사람에게 너를 코르도바까지 데려다

주도록 부탁해 두었다."

"아저씨, 고맙습니다."

"그래, 네 어머니는 꼭 찾을 수 있을 거야. 기운을 내라."

신사는 마르코의 손에 약간의 돈까지 쥐어 주었다.

마르코는 친절한 신사에게 몇 번이고 고맙다는 인사를 하고

나서 밖으로 나왔다.

"고마워. 이거 얼마 안 되지만 받아."

마르코는 소년에게 약속한 대로 돈을 내밀었다.

"아니야, 괜찮아. 너는 이제부터 먼 여행을 해야 하니까 돈이

많이 필요할 거야."

소년은 마르코가 내미는 돈을 받지 않았다.

"네가 하루 빨리 어머니를 찾을 수 있게 해 달라고 기도할게."

"고마워!"

마르코는 신사와 소년의 따뜻한 마음을 어른이 되어도 잊지

않고 늘 간직하며 살겠다고 다짐했다. 그리고 다른 사람이

어려운 처지에 있을 때 힘껏 돕는 사람이 되어야겠다고

생각했다.

"조심해. 잘 가!"

"안녕!"

소년은 손을 흔들며 왔던 길로 달려갔다.

마르코는 다시 혼자가 되었다.

눈물 나도록 고마운 사람들

마르코는 친절한 신사가 가르쳐 준 대로 보카를 향해 쉬지
않고 걸었다. 지치고 다리가 아팠지만 잠시도 쉬지 않고
걸었다. 이 세상에 오직 혼자만 남겨진 듯했다.

모르는 사람을 찾아 낯선 거리를 걷는 자신이 한없이
처량하다는 생각도 했다.

'만약 편지에 적힌 사람을 만나지 못하게 되면 어떻게 하지?'
마르코는 길을 걸으면서도 걱정이 앞섰다.

'어머니를 영영 만나지 못하게 되는 것은 아닐까?'
사방이 어두워지기 시작하자 불안한 생각들이 꼬리를 물고
일어났다.

'오늘 밤은 어디서 자고 가나?'

마르코는 멀리 보이는 동네를 향해 걸었다. 마을 입구에 불이
켜지지 않은 집이 보였다. 들어가 자세히 살펴보니 사람이
살지 않는 집 같았다. 마당엔 잡초가 무성했고, 창문은
망가져서 닫히지도 않았다. 갑자기 무서운 생각이 들었다.
그냥 나갈까 하고 망설였으나 밖은 이미 캄캄해 앞이 잘
보이지 않았다. 빈 집에서 나간다고 해도 마땅히 '잠잘 장소가
없었다. 마르코는 용기를 내어 방 안으로 들어갔다. 헌 종이로
먼지를 대강 밀치고 방 한쪽 구석에 쪼그리고 앉았다.

어디선가 삐걱거리는 소리가 났다.

무서움에 머리카락이 쭈뼛 뻗치는 듯했다.

'바람 때문이야. 겁낼 것 없어.'

마르코는 스스로에게 속삭였다. 삐걱이는 소리에 익숙해지자
피곤이 한꺼번에 몰려왔다. 마르코는 작은 트렁크를 안고
깊은 잠에 빠져들었다.

아침이 되자 빈 집 뜰에도 참새들이 찾아와 짹짹거렸다.
햇살이 망가진 창문 사이로 들어와 마르코의 얼굴을 비춰
주었다. 마르코는 팔을 길게 뻗으며 기지개를 켰다.

"빈 집아, 고마워."

마르코는 일어나자마자 다시 걷기 시작했다. 어머니를 빨리

만나야 된다는 생각 때문에 조금도 지체할 수가 없었다.

마르코는 그 날 오후가 되어 겨우 보카에 도착했다.

신사가 말한 대로 편지에 적힌 사람을 쉽게 찾을 수 있었다.

그 사람은 이탈리아 사람이었다. 마르코는 그 사람에게

신사가 써 준 편지를 내밀었다.

"알았다. 배는 내일 저녁에 출발하니까, 오늘 밤은 여기서

자도록 해라."

마음이 급했지만 내일 저녁까지 기다릴 수밖에 없었다.

마르코는 그 날 밤을 부두에서 일하는 사람들과 함께 지냈다.

다음 날에는 혼자 마을을 구경했다. 맑은 물이 조용히 흐르는

강에는 보트와 작은 배들이 한가롭게 떠 있었다. 마르코는

풀밭에 누워 하늘을 보기도 하고, 통나무에 올라가 앉아

있기도 하면서 저녁이 되기를 기다렸다. 모처럼 한가한

시간이었으나 속으로는 빨리 시간이 가기를 애타게 기다리고

있었다.

저녁이 되자 마르코는 약속 시간보다 일찍 강가로 나갔다.

"꼬마야, 이 쪽이야."

강기슭에 있는 작은 돛단배 위에서 어제 만났던 사람이

손짓을 하고 있었다. 마르코는 트렁크를 안고 달려갔다.

돛단배 안에는 사과며 오렌지 같은 과일이 잔뜩 실려 있었다.

과일을 운반하는 배였다.

"로사리오까지는 사흘이 걸린다. 자, 출발이다."

선장인 이탈리아 사람이 힘차게 소리쳤다. 배에는 선장

이외에도 햇볕에 얼굴이 검게 탄 남자 둘이 더 타고 있었다.

"아저씨, 잘 부탁합니다."

마르코는 공손히 인사를 했다.

돛단배는 천천히 강기슭을 떠나 움직이기 시작했다.

사방이 서서히 어두워지기 시작했다. 마르코는 갑판

한 구석에 쪼그리고 앉았다. 마르코는 말을 잃은 사람 같았다.

선원들도 슬픈 표정을 하고 있는 마르코에게 말을 건네지

않았다.

조금 있자 어둠을 몰아 내며 달이 떠올랐다. 강물은 달빛을

받아 은빛으로 빛나기 시작했다. 돛단배는 기다란 섬들

사이를 지나갔다. 오렌지나무며 버드나무들이 커다랗게 자라

마치 숲 사이를 지나는 것 같았다.

선원들은 쉰 목소리로 노래를 불렀다. 그 노랫소리는

은빛으로 출렁거리는 강물과 천천히 미끄러져 가는 돛단배와

주변 경치에 어울려 신비롭기까지 했다.

문득 어렸을 때 어머니가 불러 주던 자장가가 그리워졌다.

몸과 마음이 지쳐서인지 한꺼번에 피곤이 몰려왔다. 마르코는
선원들의 노랫소리를 들으며 자기도 모르게 잠에 빠져들었다.

눈을 떴을 때는 빨간 해가 솟아오르고 있었다. 강 주변에
그림처럼 아름다운 하얀 집들이 보였다. 집 창문에 비친
햇살이 황금처럼 반짝거렸다. 강가에서는 물새들이 맑은
목소리로 아침을 맞이하고 있었다.

어머니만 옆에 계신다면 얼마나 신나는 여행이 될까 하고
생각했다. 그러나 마르코에게 어머니가 없는 세상은 아무런
즐거움을 주지 못했다.

선장은 약간의 빵과 소금에 절인 고기를 주었다. 마르코는
입맛이 없었다. 그러나 건강을 위해서 빵과 고기를 입에 넣고
천천히 씹었다.

돛단배는 좁은 운하로 들어가는가 하면 호수처럼 넓고 잔잔한
물 위로 미끄러지듯 지나기도 했다. 울창한 나무 밑을
통과하기도 했고, 크고 작은 섬들을 지나치기도 했다.

마르코는 강 이름이 파라나 강이라는 것도 알았다.

정말 긴 강이었다. 이탈리아의 전체 길이의 네 배가 넘는

강이라니, 그 길이가 상상이 되지 않았다.

'엄마도 이 강물을 거슬러 올라가셨겠지. 그림처럼 아름다운 경치들을 보면서 이탈리아에 두고 온 우리 가족들을 생각하셨을 거야.'

마르코는 날마다 어머니 생각에 말없이 앉아만 있었다.

과일 운반선을 탄 지 사흘째 되는 밤에도 달이 떠올랐다. 선원들은 변함없이 쉰 목소리로 노래를 불렀다. 이탈리아에서 자주 듣던 노래였다.

'어머니, 코르도바에는 정말 계시는 건가요? 또 다른 데로 가신 것은 아닌가요?'

마르코는 먼 나라에 와서 알지도 못하는 곳을 찾아다니는 자신의 모습이 너무 처량해 보였다. 마르코는 그만 흐느껴 울고 말았다. 한번 터진 울음은 아무리 참으려 해도 마음대로 되지 않았다.

선장은 노래를 그쳤다. 그리고 울고 있는 마르코를 가만히 내려다보았다.

"너 울고 있구나!"

마르코는 어깨를 들썩이며 울었다.

선장은 마르코가 마음껏 울도록 기다렸다가 조용히 다가와서 마르코의 어깨에 손을 얹었다.

"제노바의 남자들은 예부터 용감하게 전세계를 돌아다녔단다.
이까짓 일로 눈물을 보이는 것은 제노바 남자답지 않아."

말투는 투박했지만 아버지처럼 다정한 목소리였다.

"알겠습니다."

마르코는 불끈 쥔 손등으로 눈물을 훔쳤다. 그리고 어금니를
꼬옥 물고 벌떡 일어섰다.

'약해져서는 안 돼. 아버지가 그렇게 반대한 것을 내가 우겨서
온 것이 아닌가. 아무리 멀더라도, 또 몇 년이 걸리더라도
나는 포기하지 않을 거야. 어머니를 만나는 그 날까지
전 세계를 다 돌아다니게 되더라도 기어코 가고야 말겠어.'

마르코는 갑자기 기운이 솟는 듯했다.

"됐다. 이제야 진짜 제노바 아이가 되었구나."

선장은 웃으며 마르코의 어깨를 다독거려 주었다.

다음 날, 그러니까 보카를 떠난 지 나흘째 되는 날 아침에
파라나 강 상류에 있는 로사리오 강 기슭에 닿았다. 많은
배들이 깃발을 나부끼며 출렁거리고 있었다. 그 중에는
이탈리아 국기가 펄럭이는 배도 여러 척 있었다. 마르코는

이탈리아에서 온 사람이 자기 혼자가 아니라는 생각이 들자
은근히 힘이 솟았다.

"여기에 적힌 사람을 찾아가거라. 네가 어머니를 찾을 수
있도록 도와 줄 거야."

"용기를 내 꼬마야."

"제노바 남자 파이팅!"

선장과 선원들이 마르코에게 용기를 주려고 팔에 힘을 주어
들어 보이며 말했다.

"아저씨, 고맙습니다. 안녕히 가세요."

마르코는 보란 듯이 힘찬 걸음걸이로 걷기 시작했다.

마을에 들어서자 주변 모습들이 전혀 낯설지가 않았다.

많은 사람들과 마차들이 끊임없이 오가고 있었고,

거리 위에는 전신과 전화선들이 거미줄처럼 쳐져 있었다.

길 양쪽으로는 하얗게 페인트칠을 한 집들이 늘어서 있었다.

부에노스 아이레스 거리와 비슷했다. 사람 사는 곳은 어디나
비슷하다는 생각이 들었다.

마르코는 거리의 이름을 확인하면서 선장이 준 주소를
찾아갔다. 몇 번인가 큰 길을 돌아서 한 시간쯤 걸어간 끝에
겨우 집을 찾았다. 크고 넓은 저택이었다. 부에노스

아이레스에서 메키네츠 씨 집을 찾아갔을 때처럼 넓은 정원을
한참 걸어가서야 현관이 나왔다.

마르코가 초인종을 누르자 머리가 하얗고 뚱뚱한 남자가
문틈으로 얼굴을 내밀고 퉁명스럽게 물었다.

"뭐야?"

마르코는 선장이 적어 준 사람의 이름을 대고 만나게 해
달라고 부탁했다.

"주인께서는 어제 저녁에 가족들과 함께 부에노스 아이레스에
가고 안 계신다."

"네? 부에노스 아이레스로 가셨다고요?"

마르코는 너무나 실망한 나머지 말할 기운조차 없었다.

"그럼, 언제 돌아오시나요?"

마르코는 겨우 입을 열었다.

"그건 나도 알 수 없다. 다음에 와 보아라."

"하지만 저는 갈 곳이 없어요. 아는 사람도 없고 돈도 다
떨어졌거든요."

마르코는 애원하듯 빠르게 말했다.

"이 로사라오에는 이탈리아에서 온 너 같은 애들이
우글우글해. 너 같은 아이를 상대할 시간이 없으니 돌아가!"

남자는 그렇게 소리를 치고는 문을 '쾅' 닫아 버렸다.

마르코는 한참 동안이나 멍하니 서 있었다. 그러다가 천천히 트렁크를 집어 들고 문 밖으로 걸어 나갔다.

'이제 어떻게 해야 하지?'

마르코는 눈앞이 캄캄했다. 한없이 뻗친 길을 보고 있자니, 돛단배에서 내릴 때의 그 용기도 어디론가 사라져 버렸다.

로사리오에서 코르도바까지 기차로 꼬박 하루는 걸린다.

주머니에 남아 있는 돈이라곤 겨우 점심과 저녁을 사 먹을 정도뿐이었다.

'기차표를 살 돈을 벌어야 하는데, 도대체 어디 가서 일자리를 부탁해 보나?'

마르코는 바쁘게 지나가는 사람들에게 일자리를 부탁할 용기가 나지 않았다. 아까 그 남자처럼 이탈리아에서 구걸하러 온 아이로 취급하고 욕이나 하지 않을까 두려웠기 때문이었다.

'아아, 난 이제 어떻게 하면 좋을까?'

마르코는 도무지 해결할 방법이 생각나지 않아 트렁크를 내려놓고 그 자리에 털썩 주저앉았다. 그리고 양 손으로 머리를 감싸쥐었다. 마르코의 바로 옆을 마차와 짐수레들이

요란한 소리를 내며 지나갔다. 사람들은 길가에서 이상한

폼으로 앉아 있는 마르코를 흘끔흘끔 보면서 지나갔다.

그런 자세로 얼마나 있었을까, 문득 귀에 익은 목소리가

들려 왔다.

"어린아이가 왜 혼자 길거리에 앉아 있을까?"

마르코는 고개를 번쩍 들었다.

"할아버지!"

"어? 너는 마르코가 아니냐?"

그 사람은 제노바에서 부에노스 아이레스로 오는 배에서 알게

된 할아버지였다. 마르코는 너무 기뻐서 눈물이 다 나왔다.

"그래 어떻게 된 일이냐, 어머니는 아직 못 찾았니?"

마르코는 그 동안 있었던 일을 대충 이야기했다.

"고생이 많았구나."

"앞으로가 더 문제예요. 찾는 분은 없고, 코르도바까지 가는
기찻삯은커녕 내일부터는 당장 밥을 사 먹을 돈도 없어요.
할아버지! 무슨 일이든 일자리를 좀 구해 주세요. 네?"

마르코는 물에 빠진 사람이 지푸라기를 잡는 심정으로
할아버지께 부탁했다.

"이거, 참 어렵게 되었구나. 일자리야 찾아보면 있겠지만,
당장 내일부터 돈을 받을 수 있는 일자리는 얻기 힘들 거야.
하루라도 빨리 네 어머니를 찾아야 하는데, 마냥 눌러앉아
일만 하고 있을 수도 없는 노릇이고, 어떻게 한다?"

할아버지는 왼손으로 팔을 받치고, 오른손으로는 턱수염을
쓰다듬으며 중얼거렸다. 무슨 생각에 잠긴 듯했다.

"코르도바까지 기차로 가려면 한 30리라쯤은 있어야 할 거야.
좋아, 나를 따라오너라."

할아버지는 갑자기 힘을 내어 말하며 성큼성큼 걸었다.

마르코는 얼른 트렁크를 들고 그 뒤를 따랐다. 할아버지와

마르코는 붐비는 사람들 틈을 요리조리 피해 얼마쯤 걸었다.

할아버지가 멈춘 곳은 한 식당 앞이었다.

식당 문에는 '이탈리아의 별'이라고 커다랗게 쓴 간판이 걸려

있었다. 할아버지는 식당 안을 기웃거리더니 마르코를

돌아보며 싱긋 웃었다.

"여기가 이탈리아 사람들이 가장 많이 모이는 곳이지.

마침 좋은 시간에 찾아온 것 같구나."

할아버지는 손짓을 하고 식당 안으로 들어갔다.

마르코도 그 뒤를 따라 들어갔다.

식당 안에는 여러 개의 테이블이 놓여 있었고, 테이블마다

사람들이 둘러앉아 떠들썩한 이야기를 나누면서 술을 마시고

있었다. 모두 얼굴이 햇볕에 검게 그을리고 건강해 보이는

농부들 같았다. 할아버지는 식당 안에 있는 사람들과 손을

흔들기도 하고 인사를 주고받았다.

할아버지는 사람들이 잘 보이는 맨 앞 테이블로 가서 커다란

소리로 외쳤다.

"여러분! 잠시 조용히 하고 모두 내 말을 좀 들어 주시오."

식당 안에 있던 사람들이 모두 할아버지를 바라보았다.

"여기 있는 이 소년은 불쌍한 우리 이탈리아 아이입니다.

빚을 갚기 위해 돈을 벌려고 이 곳까지 왔다가, 병에 걸려
어디로 갔는지 알 수 없는 어머니를 찾기 위해 제노바에서
부에노스 아이레스까지 혼자 배를 타고 온 소년입니다."
할아버지가 여기까지 말하자 사람들이 웅성거리는 소리가

들렸다. 할아버지는 잠시 기다렸다가 다시 큰 소리로 말을
계속했다.

"그런데 어머니는 코르도바로 옮겨 부에노스아이레스에는
계시지 않았다고 합니다. 그러나 다행스럽게도 어떤 친절한
신사분의 소개로 돛단배를 얻어 타고 이 곳 로사리오까지
왔답니다. 그런데 여기서도 소개받은 사람을 만나지 못했고,
돈까지 떨어져 꼼짝할 수 없는 형편이 되고 말았습니다.
그래서 생각다 못해 제가 이 소년을 이리로 데리고 왔습니다.
이 소년이 어머니를 찾아 코르도바까지 갈 수 있도록 우리
이탈리아 사람들의 손으로 도와 주는 것이 어떻겠습니까?"

"정말 기특한 아이로군."

"그래, 대단한 아이야."

"이야기를 듣고 보니 가만히 있을 수 없는걸."

사람들이 여기저기서 돈을 내밀었다. 할아버지는 얼른 모자를
벗어 들고 테이블 사이를 돌아다녔다.

"어린것이 혼자서 이 먼 데까지 오다니, 제노바 아이가 아니면
할 수 없는 일이지. 암, 할 수 없고말고."

사람들은 마르코를 대견하게 생각하며 조금씩이지만 모두
돈을 냈다. 순식간에 할아버지가 들고 있는 모자에 돈이

가득했다. 모두 42리라나 되었다. 코르도바까지 기차로
가고도 남는 돈이었다.

"여러분, 고맙습니다. 여러분의 따뜻한 마음으로 마르코가
어머니를 찾으러 코르도바에 갈 수 있게 되었습니다."
할아버지가 손에 돈을 쥐고 흔들며 큰 소리로 말하자
사람들이 손뼉을 쳤다.

"어때? 이만하면 됐지?"
할아버지가 돈을 마르코의 손에 쥐어 주며 속삭였다.

"자, 여러분! 이 아이가 어머니를 빨리 만나게 되기를
빌면서 건배합시다."
한 사람이 술잔을 높이 들며 외쳤다.

"건배!"
다른 사람들도 모두 술잔을 높이 들며 소리쳤다.

"감사합니다. 정말 감⋯⋯."
그러나 마르코의 말끝은 울음으로 변하고 말았다. 마르코는
할아버지의 가슴에 얼굴을 파묻고 엉엉 소리내어 울었다.
비록 먼 나라에 와 있지만 결코 혼자가 아니라는 생각과,
그 동안 여러 모로 도와 준 사람들의 고맙고 따뜻한 사랑에
감동한 뜨거운 눈물이었다.

또다른 실망

이튿날 아침, 마르코는 아직 해가 뜨기도 전에 코르도바로
가는 기차에 올랐다. 기차는 친절한 사람들이 살고 있는
마을을 뒤로 하고 서서히 움직이기 시작했다. 이른 새벽이라
그런지 기차에 탄 손님들은 별로 많지 않았다.
'이번에는 어머니를 만나게 되겠지.'
마르코는 기분 좋은 생각에 마음이 들떠 있었다.
얼마쯤 달리던 기차는 작은 정거장에 덜커덩거리며 멎었다.
타고 내리는 사람이 별로 없고, 건물도 제대로 없는 쓸쓸한
정거장이었다.
마르코는 기차가 여기에서 영원히 멈춰 서 버리면 어떻게

하나 하는 걱정을 했다. 마르코는 조바심이 났다.

"기차가 왜 이렇게 늑장을 부리는 거야?"

마르코가 혼자말을 중얼거리는 순간 기차가 다시 출발했다.
밖에 보이는 경치는 너무 볼품없었다. 보이는 것이라곤
끝없이 펼쳐진 들판뿐이었다. 가끔 나무가 있기는 했지만,
줄기와 가지가 비틀어지고 갈색으로 시든 모습이었다. 마치
묘지를 지키는 악마처럼 보였다. 거기에다 규칙적으로
덜커덕거리는 기차 소리가 악마들의 노래 같았다.

'정말 쓸쓸한 곳이구나. 이런 데서는 사람이 살 수 없을 거야.'
마르코는 들판 여기저기를 살펴보았다. 정말 사람 사는 집이
보이지 않았다. 그런데 이상한 것은 기차가 정거장에 설
때마다 몇 사람이기는 하지만 타고 내린다는 사실이었다.
마르코는 기차가 이상한 사람들이 사는 땅 속 나라로 가는
것은 아닐까 하는 기분 나쁜 생각이 들었다.

기차가 다시 정거장에 멈췄을 때는 타거나 내리는 사람이
하나도 없었다. 악당들이 사는 벌판에서 기차가 옴짝달싹 못
하고 서 버린 것이 아닐까 하는 걱정이, 정거장에 멈출 때마다
생겨났다.

다시 기차가 움직이기 시작했다. 들판에는 커다란 뼈가 마치

박물관에 전시된 것처럼 여기저기 놓여 있었다. 들판에서 죽은 말이나 암소의 뼈일 것이었다.

갑자기 창문으로 차가운 바람이 들어왔다. 몸이 으스스했다. 마르코는 창을 닫고 구석에 웅크리고 앉았다.

'지금은 6월인데 왜 이렇게 춥지?'

마치 초겨울 같았다. 마르코는 덜덜 떨었다. 이상했다. 추운 날씨 때문은 아닌 것 같았다. 긴 여행을 하면서 제대로 먹지도 못하고 잠자리도 편하지 않은데다가, 어머니를 만나지 못한 실망이 여러 번 겹쳐 감기 몸살로 나타난 것이었다.

'혹시 죽는 병이 아닐까? 차디찬 시체로 변한 나를 발견한 사람들이 마치 빈 병을 던지듯이 기차 밖으로 던져 버리는 것이 아닐까? 그러면 굶주린 들개들과 독수리들이 모여들어 순식간에 먹어치우겠지. 그럼 나도 아까 보았던 암소나 말들처럼 뼈만 남아 쓸쓸한 들판을 지키게 될지도 몰라.'

마르코는 엉뚱한 생각을 떨쳐 버리려고 도리질을 했다.

'코르도바에 가도 꼭 어머니를 만난다고 장담할 수는 없어. 만일 또 어디론가 옮기셨다면 어떻게 하지? 이 주소가 정확하지 않은 건지도 몰라. 혹시 어머니는 이미 세상을 떠나고 안 계시는 것이 아닐까?'

몸이 아프다 보니 마음 약한 생각들만 계속 이어졌다.

마르코는 신음 소리까지 내며 몸을 떨었다. 열이 많이 나서
불덩어리 같았다. 끙끙 앓던 마르코는 언뜻 잠이 들었다.
잠 속에서 코르도바에 도착하는 꿈을 꾸었다.

'네 어머니는 여기 없다!'

'네 어머니는 죽었는데 왜 찾으러 다녀?'

어둠 속에서 사람의 모습은 보이지 않고, 소름끼치는
목소리만 들렸다.

"아! 이제 난 어떻게 하지?"

마르코는 무서워서 소리질렀다. 그러다가 자기 목소리에
화들짝 놀라 잠에서 깼다. 순간 건너편 의자에 수염을 기른
무섭게 생긴 세 사나이가 무슨 이야기인지 숙덕거리면서
마르코를 흘끔흘끔 바라보고 있었다.

'앗, 큰일이다. 나쁜 사람들이 나를 죽이고 트렁크를 빼앗아
가려고 하는 거야.'

마르코의 몸은 몸살과 두려움이 겹쳐 눈에 보일 정도로
심하게 떨렸다.

'빨리 도망가야 해.'

마르코가 사나이들의 눈치를 보며 슬그머니 일어났다.

그러자 한 사나이가 마르코 앞으로 다가왔다. 도망갈 수

없게 된 마르코는 두 팔을 벌리며 사나이를 향해 외쳤다.

"저는 돈이 없어요. 아무것도 가진 것이 없는 불쌍한

아이예요. 어머니를 찾으러 이탈리아에서 여기까지 왔어요.

제발 목숨만은 살려 주세요!"

"애야, 우린 나쁜 사람이 아니란다. 걱정하지 말아라."

"가엾게도……. 어머니를 찾지 못해 머리가 이상해졌나 봐요."

"아니야, 몸에 열이 많아. 병이 나서 그래."

사나이는 마르코의 이마를 짚어 보며 걱정스럽게 말했다.

다른 사람이 자기 무릎에 덮고 있던 담요를 가지고 와서

마르코에게 덮어 주었다.

안심이 된 마르코는 담요 속에서 조용히 잠이 들었다. 덜커덕

거리는 기차 소리는 멀리서 들려 오는 자장가 소리처럼

들렸다. 마르코는 땀을 뻘뻘 흘리면서 깊은 잠에 빠져들었다.

창 밖이 어두워질 무렵, 마르코 건너편에 앉아 있던

사나이들이 선반에서 짐을 내렸다. 한 사나이가 잠든

마르코를 흔들어 깨웠다.

"애야, 일어나라. 여기가 코르도바야."

마르코는 코르도바라는 말에 반사적으로 몸을 일으켰다.

"잠을 푹 자고 나니 좀 괜찮니? 혼자 갈 수 있겠어?"

마르코는 대답 대신 기차에서 풀쩍 뛰어내렸다.

"아저씨, 혹시 메키네츠 씨 댁이 어딘지 아세요?"

마르코는 기차표를 받는 사람에게 물었다.

"응, 이 길로 곧장 가면 교회가 보일 거야. 그 교회
옆집이란다."

"아저씨, 감사합니다."

마르코는 큰 소리로 인사를 하고 힘껏 달렸다. 똑바로 난 길
양쪽으로 하얀 집들이 늘어서 있었다. 코르도바의 거리도
부에노스 아이레스나 로사리오와 비슷했다. 머나먼 여행을
해서 온 곳이 그냥 그 자리 같은 느낌이 들었다.

네거리를 지나자 저만치에 교회 건물이 보였다. 마르코의
가슴은 갑자기 뛰기 시작했다.

"저 집이다. 드디어 왔구나!"

마르코는 집 앞에서 잠시 숨을 몰아쉬었다. 이 집도 크고
정원이 넓었다. 마르코는 떨리는 손으로 초인종을 눌렀다.
창문에 불빛이 환하게 비치더니 손에 등을 든 할머니가
나왔다. 마르코는 마음을 진정시키려고 손바닥으로 가슴을
쓸어내렸다.

"무슨 일이니?"
할머니는 밤중에 트렁크를 든 아이가
혼자 찾아온 것이 궁금하다는 표정이었다.
"여기가 메키네츠 씨 댁 맞지요?"

"너도 메키네츠 씨를 찾아왔구나. 이거야 원 귀찮아서
살겠나. 그 사람은 석 달 전에 투쿠만으로 이사를 갔는데,
자꾸 사람들이 찾아온단 말이야. 신문에 난 것만으로는
부족한 모양이지? 거리 모퉁이마다 메키네츠 씨는 투쿠만으로
이사를 갔다는 것을 알리는 글을 써서 붙여야 할 모양이다."
할머니의 투덜거리는 말을 들은 마르코는 몸에서 기운이
스르르 빠져 나가는 것 같았다.

"투쿠만이라고요?"
이렇게 힘없이 중얼거린 마르코는 그만 소리내어 울기
시작했다.

"아아, 이럴 수가. 마치 악마가 나를 놀리는 것 같아.
겨우 여기까지 왔는데 또 다른 데로 가셨다니. 이러다가
어머니를 만나기도 전에 도중에서 죽고 말 거야."

"저런, 정말 안됐구나."
할머니는 마르코 옆에 다가서며 다정하게 말했다.

"어머니를 찾고 있었구나. 하지만 운다고 해서 어머니를
찾을 수 있는 것은 아니지 않니?"

"투쿠만이란 곳은 얼마나 먼 곳인가요?"
마르코는 겨우 진정을 하며 물었다.

"굉장히 멀단다. 아마 800킬로미터는 될 거야."

"네?"

마르코는 절망에 가까운 신음 소리를 냈다.

"저는 이제 어떻게 하면 좋아요?"

"사정이 너무 딱하구나."

할머니도 어떻게 하면 좋을지 몰라 입술을 쩝쩝거렸다.

"참, 그렇지. 내가 왜 이런 생각을 빨리 하지 못했을까?"

난처한 표정으로 서 있던 할머니가 갑자기 밝은 목소리로

말했다. 마르코는 침을 꼴깍 삼키며 할머니의 다음 말을

기다렸다.

"여기서 나가면 오른쪽으로 세 번째 집이 짐을 운반하는

회사란다. 그 곳 상인들이 내일 아침에 짐수레에 많은 짐을

싣고 투쿠만으로 간다고 하더라. 거기에 카타파스라고 하는

감독이 있을 거야. 그분에게 가서 짐짝 사이에 좀 태워 달라고

부탁해 보아라."

"하지만 저는 돈이 조금밖에 없어요."

"가는 길에 이것저것 심부름하는 애가 필요할 거야. 열심히

일하겠다고 말하고 부탁해 봐라. 너 하나쯤은 태워 줄 거다."

"고맙습니다, 할머니."

마르코는 트렁크를 들고 뛰어나갔다.

할머니가 말한 집 옆에는 넓은 공터가 있었다.

등이 여기저기 걸려 있는 공터에는

세 대의 큰 수레가 있었다. 그 짐수레는

곡마단들이 이동할 때 타고 다니는

수레와 비슷하게 둥근 지붕과

매우 높은 바퀴가 달려 있었다.

건장한 남자들이 짐을 날라다가 수레에 차곡차곡
쌓고 있었다.

마르코는 짐수레 옆에서 이것저것 지시를 하고 있는
사람을 살펴보았다. 키가 컸고 콧수염을 기른데다가,
커다란 장화를 신고 흰빛과 검은빛의 줄무늬가
있는 망토를 걸치고 있었다.

그 사람이 할머니가 말한 카타파스임에 틀림없었다.
카타파스라는 말은 두목이라는 뜻이었다.

"저어, 아저씨, 부탁이 있어서 왔어요."

"뭐냐?"

카타파스는 일하는데 귀찮게 한다는 표정으로 마르코에게
한 번 눈을 주었다가 다시 인부들이 일하는 짐수레를 향했다.

"저는 이탈리아에서 어머니를 찾아 여기까지 왔어요. 그런데
어머니가 몇 달 전에 투쿠만으로 이사를 가셨대요. 제발 저를
짐수레에 태워서 투쿠만까지 데려다 주세요."

카타파스는 매서운 눈초리로 마르코의 위아래를 훑어보며
퉁명스럽게 말했다.

"우리가 가져갈 짐만 해도 수레에 넘칠 정도야."

카타파스는 빨리 가라는 듯 마르코와는 상관 없이 인부들에게

무엇이라고 지시를 했다. 그러나 마르코는 단념하지 않고 카타파스 앞을 막아섰다.

"제가 가진 돈을 모두 드릴게요. 그리고 모자라는 것만큼 열심히 일을 하겠어요. 소나 말이 먹을 물도 긷고, 먹이도 주겠어요. 그리고 잔심부름도 다 할게요. 먹을 것이라곤 빵만 조금 주시면 됩니다. 아주 좁은 장소라도 좋으니 제발 짐 사이에 앉아 갈 수 있게 해 주세요. 네?"

마르코의 간절한 부탁에 카타파스는 아까보다 한결 부드러워진 목소리로 말했다.

"아무튼 짐을 실어 봐야 알겠다. 너무 짐이 많아서 말이야. 그리고 우린 투쿠만으로 가는 것이 아니야. 산티아고 델 에스테로라는 도시로 가거든. 너를 태워 준다고 해도 너는 도중에서 내려야 해. 거기서도 투쿠만까지는 상당히 멀어."

"상관 없어요, 아저씨. 거기까지만 태워 주신다면 걸어서 투쿠만까지 가겠어요."

카타파스는 등불을 들어 마르코를 자세히 보더니, 다짐을 하듯 말했다.

"짐 속에 앉아서 간다는 게 쉬운 일이 아니야. 3주일이나 걸리는 오랜 여행이거든."

"문제 없어요. 아무리 오래 걸려도 상관 없어요."

"도중에 내려서 혼자 걸어가야 하는 거야."

"혼자라도 좋아요. 이겨 낼 수 있어요. 어머니를 찾는
일이라면 아무리 괴로워도 참아 낼 거예요."

"좋아, 그렇다면 태워 주지."

카타파스는 큰 소리로 시원스럽게 말했다.

"고맙습니다. 정말 고맙습니다."

마르코는 너무 좋아 꾸벅꾸벅 몇 번이고 절을 했다.

"내일 아침 네 시에 일어나야 한다. 오늘 밤은 저 마차에
올라가서 자거라."

카타파스는 등을 들고 집 안으로 성큼성큼 걸어가며 말했다.

"네, 알겠습니다!"

마르코는 마차 위로 훌쩍 올라가서 짐과 짐 사이에 자리를
잡았다. 그러고는 안도의 한숨을 쉬었다.

"휴!"

계속 실망이 겹쳤지만 그 때마다 어렵사리 일이 해결된 데
대해 마르코는 만족했다. 어느 정도 안심이 되자 다시금
피곤이 몰려왔다. 마르코는 밤 하늘의 별을 세다가 스르르
잠이 들었다.

짐수레에 몸을 싣고

"자, 꼬마야, 출발이다!"

마르코는 카타파스의 목소리에 눈을 떴다. 졸린 눈을 비비며
주위를 둘러보니 아직도 캄캄한 밤이었다. 하늘에는 별들이
반짝이고 있었다. 세 대의 짐수레에는 소들이 매어졌고,
짐수레 뒤에는 도중에 교대할 소들이 묶여 있었다.

"다들 준비됐지? 그럼 출발하자!"

카타파스의 신호에 따라 세 대의 짐수레가 움직이기
시작했다. 짐수레는 캄캄한 밤길을 한 줄로 서서
덜커덩거리며 지나갔다. 이른 시간이라선지 지나다니는
사람이 없었다.

마르코는 하품을 크게 하며 짐짝 사이에 얼굴을 파묻고 다시 잠이 들었다. 짐수레가 알맞게 흔들려서 그런지 잠이 잘 왔다. 얼마나 잤을까? 마르코가 눈을 떴을 때는 햇볕이 따갑게 내리쬐고 있었다. 향긋한 풀 냄새가 확 풍겨 왔다. 짐수레는 넓은 초원의 한복판에 멎어 있었다.

"꼬마야, 이리 와서 같이 먹자."

마르코가 일어난 것을 보고 카타파스가 소리쳤다. 인부들은 나무 그늘에 둘러앉아 고기를 구워먹고 있었다. 마르코는 짐수레에서 뛰어내렸다.

인부들은 큰 꼬챙이에 송아지를 꽂아 땅바닥에 가로로 걸쳐 놓고 활활 타오르는 불로 고루 익히고 있었다.

"너 송아지 고기 먹어 본 적 있니?"

"아니오."

"맛이 최고지. 어서 먹어 봐라."

카타파스가 턱으로 가리키자 젊은 인부 하나가 칼로 잘 익은 고기를 잘라 마르코에게 주었다. 정말 입 안에서 살살 녹는 듯 했다. 마르코는 정신 없이 고기를 먹었다. 이처럼 맛있는 고기를 먹어 본 적이 없었다.

식사가 끝나자 사람들은 낮잠을 자려고 나무 그늘이나 풀밭,

그리고 포장이 씌워진 짐수레 안으로 찾아 들어가 누웠다.

한 인부가 마르코에게 명령하듯 말했다.

"너는 우리가 일어날 때까지 등잔을 깨끗이 닦고, 물을 길어

오너라. 물통은 짐수레 옆에 걸려 있어."

"어디 가면 물이 있나요?"

마르코는 물통을 내리며 물었다.

"그걸 내가 어떻게 알아? 찾아 보면 있겠지. 네가 잘 찾아봐.

단, 한 시간 안으로 돌아와야 한다. 한 시간 후에는 바로

출발 할 거야."

인부는 이렇게 말하고 짐수레 안으로 들어가 누워 버렸다.

'어떻게 하지?'

마르코는 햇볕이 내리쬐는 들판을 바라보면서 잠시 그대로

서 있었다. 그러다가 카타파스에게 물어 보려고 나무 그늘로

갔으나 이미 잠이 들었는지 꼼짝하지 않고 있었다.

혼자서 찾아 내는 도리밖에 없었다. 마르코는 양 손에 물통을

하나씩 들고 풀밭을 부지런히 걸어갔다. 그러나 보이는

것이라곤 풀밭과 군데군데 서 있는 나무들뿐이었다. 마르코는

짐수레를 뒤돌아보며 길을 잃지 않도록 확인을 하면서

걸었다. 땀이 등줄기를 타고 줄줄 흘러내렸지만 물을 찾아서

계속 뛰었다.

언덕진 풀밭을 올라서니 밭이 나타났다.

'저기에 집이 있을지 몰라.'

마르코는 물통을 흔들며 달려갔다. 나뭇가지 사이로 갈색

지붕이 보였다.

"여보세요?"

마르코는 사람을 찾았다. 그러나 아무런 대답이 없었다.

모두 밭에 나가 일하는 모양이었다.

'어딘가 우물이 있겠지.'

마르코는 집 뒤로 가 보았다.

"우물이다!"

마르코는 자신도 모르는 사이에 소리를 질렀다. 그러고는

뛰어가서 물을 벌컥벌컥 마셨다.

"미안합니다. 물을 좀 가져가겠습니다."

마르코는 집 쪽을 향하여 크게 소리친 다음 물통 가득히 물을

채웠다. 뜨거운 태양 아래서 끙끙대며 물을 길어온 마르코는

다시 새 물통을 들고 그 집으로 달려갔다. 이렇게 세 번이나

물을 길어온 마르코는 이번에는 헝겊 조각으로 등을 닦기

시작했다. 마르코가 이렇게 열심히 일을 끝냈을 때 인부들이

하나둘 일어나기 시작했다.

"야, 시원한 물이다!"

한 인부가 물통의 물을 보고 소리쳤다.

그러자 아직 잠이 덜 깬 인부들까지 벌떡 일어나

우르르 모여들었다. 그리고 벌컥벌컥 물을 마셔 댔다.

"야, 물맛 좋다."

인부들은 소에게도 물을 먹였다.

"자, 출발이다!"

카타파스의 신호에 따라 세 대의 짐수레는

다시 움직이기 시작했다. 여행은 군대의 행진처럼
규칙적으로 계속되었다. 아침 다섯 시에 출발하여 아홉시가
되면 쉬면서 식사를 하고, 낮잠을 잔 다음 저녁 다섯 시에
다시 출발하여 밤 열 시에 정지하는 것이었다. 뜨거운 태양이
내리쬐는 한낮을 피하여 여행을 하기 위해서였다.
인부들은 말을 타고 기다란 등나무 막대기로 소를 재촉했다.
마르코의 하는 일은 고기를 굽기 위해 불을 피우는 일과
소나 말에게 꼴을 주는 일, 등을 닦거나 먹을 물을
기르는 일 등으로 정해졌다.

짐수레 행렬은 초원을 지나 때로는 먼지가 자욱이 일어나는
길을 가기도 했다. 가파른 산길을 넘기도 했고, 드문드문
농가가 보이는 시골길이나 시원한 숲길을 지나기도 했다.
몇 시간 동안 사람 사는 집이 보이지 않는 초원을 지나기도
했다. 옛날에는 소금물 호수 바닥이었다는 넓은 땅도
지나갔다.

'아르헨티나는 정말 넓은 곳이구나.'

마르코는 속으로 감탄했다.

마르코는 마치 배를 타고 바다 위에 있는 것 같은 착각을
했다. 다음 날도 또 그 다음 날도 변함없는 날들이 지루하게
계속되었기 때문이었다. 어쩌다 말을 탄 두세 사람의
여행자를 만나기도 했지만, 그 사람들은 고삐를 매지 않은
말 떼를 몰고 바람처럼 달려 지나가 버렸다.

긴 여행에 짜증이 난 인부들은 날이 갈수록 마르코를 심하게
부려먹었다. 마르코는 자기보다 큰 나뭇단을 운반하기도 했고
먼 곳까지 찾아가 물을 길어 오는 일도 계속 했다. 수프도
끓여야 했고, 여러 개의 등을 언제나 깨끗이 닦아야 했다.
마르코는 몹시 지쳐 있었다. 밤에는 너무 피곤하여 잠이 잘
오지 않을 정도였다. 짐수레가 심하게 움직여서 몸이 계속

흔들리는 것도 마르코를 지치게 했다. 나무로 만든 바퀴와
굴대에서 나는 삐그덕거리는 소리는 마르코를 잠시도 조용히
쉬지 못하게 하였다.

그래도 날씨가 좋은 날은 참을 만했다. 바람이 불기 시작하면
하늘이 노랗도록 흙먼지가 날아다녔다. 그런 날에는 눈이
쓰리고 입 속이 깔깔해졌다.

마르코의 꼴은 말이 아니었다. 옷은 누더기가 되었고, 씻지
못한 몸은 더러웠으며, 잠을 자지 못해 지친 얼굴은 핏기가
없어 보였다.

인부들은 마르코에게 일을 시키고 놀려먹는 것을 재미로 아는
모양이었다.

"돈도 내지 않고 공짜로 타고 가면서 먹을 것도 공짜로 얻어
먹다니, 뻔뻔한 놈이야."

"맞아, 겉으론 얌전한 척하면서 거짓말로 카타파스를 속여서
여행을 하는 거야."

마르코는 이런 말을 들으면서 너무 억울해 짐짝 사이에 앉아
울기도 했다.

그럴 때면 카타파스가 다가와서 달래 주곤 했다.

"그만 울어라. 널 미워해서 그러는 것이 아니야. 마음씨는

괜찮은데 워낙 입들이 험해서 그러는 거야. 여행은 지루하고
할 일들은 없어 너를 놀리고 있는 거야."

마르코는 카타파스의 이런 말이 고마워 울음을 그치곤 했다.
그러나 인부들의 괴롭힘은 계속되었다. 짐수레가 멈추기만
하면 자기들은 빈둥빈둥 놀면서 마르코에게 이것저것
시키기만 했다.

'아, 이대로 가다간 지쳐서 쓰러지고 말 거야.'

마르코는 물을 길어 오는 일도 힘들어했다. 그래서 도중에
쉬는 시간이 많아졌다.

"너 도중에 놀다 왔지?"

기다리고 있던 인부가 마르코의 뺨을 때렸다. 마르코는
비틀거리며 쓰러질 뻔하였다.

"앞으로 또 늑장부리면 더 많이 맞을 줄 알아!"

인부들은 겁을 주었다. 그 뒤로 인부들은 툭하면 때렸다.
마르코는 어머니를 만날 때까지 어떤 괴로운 일이 있어도
참아야 한다고 자기 자신에게 다짐을 했다. 그러나 마르코의
몸은 강철이 아니었다. 약해지지 말자고 굳게 결심을 하고
버텼지만 정신이 가물가물해졌다.

'아, 이대로 죽는가 보다.'

마르코는 이런 생각을 하며 쓰러졌다.

"꼬마가 쓰러졌다!"

인부들이 소리쳤다.

"이 바보들아, 그러니까 내가 뭐랬어? 나이가 어리니까 너무 심하게 부려먹지 말라고 했잖아."

카타파스가 달려와 하는 말이 꿈 속에서처럼 아련하게 들려 왔다.

"얘야, 기운을 차려라. 너무 지루한 여행에 지쳐서 그런 거야. 아무 생각 말고 푹 쉬어라. 그러면 곧 나을 거야. 얼른 힘을 내야 어머니를 찾지?"

카타파스는 마르코가 편히 누울 수 있도록 짐짝을 한쪽으로 치워 주었다. 그리고 이마에 찬 물수건을 얹어 주었다.

그러나 마르코는 쉽게 회복되지 않았다. 온몸이 불덩어리 같았다.

"아아, 더는 못 견디겠어요. 어머니! 나, 나는 이제 죽어요. 어머니를 만나지 못하고 죽어요."

마르코는 손발을 휘저으며 헛소리를 했다.

카타파스는 마르코 옆에서 계속 물수건을 갈아 얹어 주며 간호를 해 주었다.

"싫어요, 저는 죽기 싫어요.
어머니, 저를 살려 주세요.
어머니를 만나기 전에는 죽기 싫어요!"
의식이 조금 돌아온 마르코는 두 손을
모으고 하늘을 보면서 기도했다.
마르코는 이렇게 사흘을 앓고 나서
겨우 일어날 수 있었다.
"아저씨, 감사합니다."

마르코는 자기를 간호해 준 카타파스에게 머리를 숙였다.

"이만해서 다행이다. 우선 몸이 건강해야 어머니를 찾을 수
있는 거야."

마르코는 음식을 잘 먹고 점점 기운을 차렸다. 마르코가
완전히 회복되었을 때 마침내 산티아고 델 에스테로와
투쿠만으로 가는 갈림길에 도착했다.

"이제 너 혼자 걸어가야 하겠구나."

짐수레를 멈추게 한 카타파스가 말했다.

"조심해서 잘 가거라."

카타파스는 마르코의 트렁크를 내려 주었다. 그리고 가는
길을 자세히 알려 주고, 여러 가지 주의할 점도 말해 주었다.

"아저씨, 정말 감사합니다. 안녕히 가세요!"

마르코는 공손히 인사를 하였다.

"어머니를 꼭 찾기 바란다."

짐수레가 움직이기 시작했다. 그 때까지 마르코를 구박하던
인부들도 혼자 여행을 하게 되는 마르코가 가엾은 생각이
들었는지 모두 손을 흔들어 댔다. 마르코도 짐수레가 초원의
붉은 흙먼지 속으로 사라져 보이지 않을 때까지 손을
흔들었다.

혼자 가는 길

짐수레의 달가닥거리는 소리도 들리지 않게 되자 사방은
쥐죽은 듯이 조용했다. 넓고 넓은 벌판 위에는 태양이
눈부시게 내리쬐고 있었다.

'드디어 혼자가 되었군! 자, 출발이다.'

마르코는 카타파스의 흉내를 내어 힘차게 말했다. 혼자 길을
걷게 되는 두려움을 떨쳐 버리기 위해서였다.

마르코는 부지런히 걷기 시작했다. 가도 가도 사람을 만날 수
없는 외로운 길이었다.

날이 어두워지자 마르코는 나무 밑에 트렁크를 놓고 누웠다.
억지로 잠을 자려고 노력했다. 잠을 자 두어야 내일 또 걸어갈

수 있기 때문이었다. 주위가 점점 캄캄해지자 무서운 생각이
들었다. 어둠 속에서 시커먼 물체가 튀어나올 것만 같았다.

"나는 무섭지 않아. 이제 곧 어머니를 만나게 될 거야."

마르코는 자기 스스로에게 용기를 주기 위해 중얼거렸다.

시간이 흐르자 하늘에 별들이 하나 둘 빛나기 시작했다.

'이 넓은 세상에 나 혼자 누워 있어.'

이런 생각을 하니 자기도 모르게 주르륵 눈물이 흘러나왔다.

'어머니, 지금 무얼하고 계시나요? 제가 어머니를 찾아
이렇게 고생하고 있는 줄이나 아시나요?'

마르코는 어머니도 저 별들을 보고 있을 지 모른다는 생각에
중얼거렸다. 집에서 소식을 기다리고 계실 아버지와 형
생각도 났다. 집을 떠나서 어머니를 찾지 못하고 이곳
저곳으로 돌아다닌 지가 두 달이 다 되어가는 것 같았다.

'얼마나 걱정을 많이 하고 계실까. 아마 내가 죽은 것으로
여기고 있을지도 모르지.'

이런 생각 저런 생각을 하다가 어느 사이에 잠이 들었다.

다음 날은 조금밖에 걷지 못했다. 구두는 찢어지고, 발바닥이
갈라져서 쉽게 걸을 수 없었기 때문이었다.

마르코는 절룩거리며 걸었다. 초원으로 난 길이 키가 큰

풀숲으로 이어져 있었다.

'어쩐지 좀 무시무시한데?'

마르코는 풀들을 손으로 헤치며 조심스럽게 걸었다.

'독사가 없었으면 좋겠는데……'

마르코는 이탈리아에 있을 때 남아메리카에는 뱀들이 많다는
말을 들었다. 마르코는 마음을 졸이면서 풀숲을 헤쳐 나갔다.
풀숲은 해질녘까지 걸어도 끝이 나지 않았다.

'조금만 가면 끝이 날 거야.'

마르코가 조금 안심을 하고 걸을 때였다. 옆에 있는 긴 풀이
흔들리며 '쉬익' 하고 무엇인가 기어가는 소리가 났다.

마르코가 흠칫 놀라 걸음을 멈추자, 굵고 긴 뱀이 머리를
치켜들고 마르코를 노려보았다. 길이가 2미터도 넘는 것
같았다.

"사람 살려!"

마르코는 냅다 소리지르며 있는 힘껏 도망쳤다. 정신 없이
뛰다가 뒤를 돌아보니 뱀은 보이지 않았다.

"휴! 큰일날 뻔했네."

마르코는 가슴을 쓸어내리고 다시 걷기 시작했다.

사흘, 나흘……, 잠시 잠을 자는 시간을 빼고 계속 걷다 보니

발은 쇳덩이처럼 무거워졌다. 다리는 가시에 찔리고 벌레에게
물려 여기저기서 피가 흘러나왔다. 먹을 것을 제대로 먹지
못해서 그런지 가끔 어지럽기도 했다. 그래도 마르코는 이를
악물고 계속 걸었다. 가끔 가다가 집들이 몇 채씩 띄엄띄엄
모여 있는 작은 마을을 지나기도 했다. 마르코는 그런
마을에서는 가게를 찾아가 여러 가지 먹을 것을 살 수 있었다.
하지만 워낙 가진 돈이 적어, 싸고 양이 많은 것만 골라 사서
먹었다. 그리고 길을 가다가 보이는 나무 열매나 풀뿌리 등
먹을 수 있는 것은 무엇이나 먹어 두었다. 그러다 보니 배탈이
나서 고생을 하기도 했다.

날이 어두워지기 시작하면 바람 소리나 흔들리는 풀을 보고
깜짝깜짝 놀라기도 했다. 캄캄한 풀숲에서 누군가 팔을
흔들며 잡으러 오는 것 같을 때도 있었다. 풀숲에 몸을 숨기고
자세히 보면 그것은 어둠 속에서 흔들리는 나무였다.

'아아, 어머니! 어머니를 만날 수 있을까요?'

마르코는 혼자 풀숲에 누워 밤새도록 울기도 했다. 소리내어
엉엉 울다 보면 가슴이 후련해지는 것 같았다. 그러나 그런
자기의 모습이 창피하기도 했다.

'만일 어머니가 이런 내 꼴을 본다면 얼마나 실망하실까?'

마르코는 다시는 울지 않기로 결심했다. 주위가 캄캄하고
무서울 때면 자상하신 어머니의 얼굴을 떠올렸다.

마르코는 어렸을 때 어머니가 꼬옥 안아 주며 불러 주시던
자장가를 떠올리기도 했다. 마르코가 울 때면 '이리로 온,
우리 마르코.' 하면서 얼굴을 부비며 언제까지나 가만히 안아
주시던 일들도 떠올렸다.

특히 제노바를 떠나기 전날 밤, 이불을 여며 주시며 얼굴을
부벼 대던 일이 생생하게 떠올랐다. 그런 생각들을 하다 보면
드넓은 풀밭이 포근하기 그지없는 어머니의 품 속처럼
느껴지기도 했다.

언제나 똑같은 모양으로 계속되는 들판을 가로질러 며칠 동안
걸어왔을 때, 멀리 꼭대기에 흰눈이 덮인 푸른 산들이 보였다.
그 산들을 보면서 마르코는 알프스 산맥이 생각났다. 자기가
살던 곳으로 가까이 온 것 같은 느낌이 들기도 했다.

마르코가 바라보고 있는 산은 안데스 산맥이었다. 남아메리카
대륙의 등뼈라고 일컬어지는 산으로, 남쪽으로는 티에라 델
푸에고 섬으로부터 북쪽으로는 콜롬비아까지 길게 뻗어 있는
산맥이었다.

집들이 모여 있는 작은 마을에서는 말을 탄 사람들이

지나가기도 했다. 때로는 여자나 아이들이 땅바닥에 앉아서
꼼짝도 하지 않고 있는 것도 보였다. 그 사람들의 얼굴은
마르코가 지금까지 한 번도 본 일이 없는 흙빛이었다.
눈은 사팔뜨기였으며 광대뼈가 불쑥 튀어나와 있었다.
그들은 마르코를 가만히 바라보곤 했다. 마르코가 겁먹은
눈으로 마주 바라보며 살금살금 걸어가면, 천천히 머리를
반대 편으로 돌리면서 여전히 마르코에게 눈을 떼지 않고
바라보았다. 처음엔 겁이 났지만 마르코는 점점 그런 행동에
익숙해졌다. 그들은 아메리카 인디언이었다.
마르코는 길을 걸으면서도 어머니를 생각했다.
'아! 그리운 어머니, 이 여행은 언제쯤 끝이 날까요?
점점 더 버티기 힘들어져요. 어머니, 저는 이 여행을 끝까지
할 수 있을까요? 도대체 얼마나 더 걸어야 하는 건가요?'
마르코는 절망적인 생각이 구름이 몰려들듯 덮쳐 올 때는
이렇게 부르짖기도 했다. 그러나 곧 다시 마음을 추슬렀다.
'제발 이 모든 어려움을 끝까지 이기고 어머니를 만날 수 있게
해 주세요!'
하늘을 바라보며 간절히 기도를 드리기도 했다.
마르코는 한 번도 본 일이 없는 이상한 나무들 사이를

지나기도 하고, 끝없이 펼쳐진 사탕수수 밭이나 목장을
가로질러 지나기도 했다.

한참을 걷다가 고개를 들면 푸르고 높은 산이 꼭대기에
하얀 눈을 모자처럼 쓰고 우뚝 솟아 있었다. 마르코는
그 산들이 자기를 지켜 주는 어머니처럼 생각되었다. 언제나
변함없이 사랑스런 눈으로 자기를 바라보시는 어머니의
모습을 그 산에서 느낄 수 있었다. 그래서 저만치 높이 솟아
있는 산을 바라보며 걸었다.

짐수레에서 내려 걷기 시작한 지 일 주일이 지났다. 이제는
발바닥에 생긴 물집이 터져 피가 흘렀다. 마르코는
부상병처럼 아픈 다리를 질질 끌며 걸었다. 날이 저물어
또다시 잠을 잘 장소를 찾아야 했다. 그 때 고구마밭에서
괭이를 어깨에 메고 집으로 돌아가는 농부를 만났다.

"아저씨!"

마르코는 달려가면서 농부를 불렀다. 농부는 깜짝 놀라는
눈치였다. 뜻하지 않은 이탈리아 말을 들었기 때문이다.

"아니, 너는 이탈리아 소년이 아니냐?"

그 농부도 이탈리아 사람이었다.

"여기서 투쿠만까지는 얼마나 더 가야 하나요?"

"한 8킬로미터쯤 될까? 별로 멀지 않은 곳이다."

"네? 8킬로미터요?"

마르코는 갑자기 힘이 솟는 듯했다. 8킬로미터라면 아픈

다리로 가더라도 하루쯤이면 넉넉히 갈 수 있는 거리였다.

'조금이라도 더 빨리 어머니가 계신 곳으로 가자.'

마르코는 주위가 완전히 캄캄해질 때까지 걸었다.

그러나 용기만으로는 무리였다. 마르코는 갑자기 몸에서

힘이 빠지는 걸 느꼈다. 다리가 후들후들 떨려 왔다. 눈 앞이

안개가 낀 것처럼 어른거렸다. 풍선에서 바람이 빠지듯

기운이 빠지자 마르코는 도랑 옆에 쓰러졌다.

'조금만 더 가면 되는데…….'

마르코는 쓰러져서도 어머니가 계시는 곳으로 빨리 가야

한다는 생각만 했다. 억지로 음식을 조금 먹고 물도 마셨다.

이대로 못 일어나면 안 된다는 생각으로, 약처럼 먹었다.

하늘에는 수많은 별들이 보석처럼 빛나고 있었다.

'별은 어디서 보아도 아름다워.'

마르코는 몸을 조금 움직여 풀 위로 가서 누웠다.

'어머니, 지금 저는 어머니가 계시는 바로 옆까지 와 있어요.

정말 멀고도 지루한 여행을 한 끝에 여기까지 왔어요.'

마르코는 바로 옆에 있는 어머니에게 말하듯 중얼거렸다.

내일이면 어머니를 만날 수 있다는 희망이 마르코의 가슴을

뛰게 했다. 그러나 곧, 또다시 다른 곳으로 갔다고 하면

어떻게 하나 걱정이 앞섰다. 어머니를 금방 만날 수 있을

것이라는 희망을 가지고 갔다가 그 희망이 큰 실망과

절망으로 바뀐 것이 벌써 몇 번째인가?

'아, 이번만은 어머니를 만나야 하는데……. 만약 또 다른

곳으로 옮겨 가셨다는 말을 듣는다면 나는 아마 그 순간에

숨이 멈춰 버릴 거야.'

마르코는 그런 일이 없기를 간절히 기도했다.

"어머니!"

마르코는 밤 하늘을 향해 힘껏 외쳤다.

아침이 되자 마르코는 기운을 조금 회복했다. 찬물로 세수를

하고 먹기도 했다.

"가자! 오늘은 어머니를 만날 수 있을 거야."

마르코는 어머니를 만날 수 있다는 생각에 갑자기 힘이 펄펄

넘쳐나는 것 같았다. 트렁크를 어깨에 멘 마르코는 빠른

걸음으로 걷기 시작했다.

마지막 여행

한편, 마르코의 어머니는 병에 걸려 몹시 앓고 있었다.
어머니는 주인인 메키네츠 씨 집 침대에 누워 간호를 받고
있었다. 마르코의 어머니가 평소에 정직하고 또 열심히 일을
잘 했으므로, 메키네츠 씨 집 사람들은 어머니에게 친절히
대해 주고 있었다.

어머니의 병은 메키네츠 씨가 부에노스 아이레스에서 이사를
떠날 무렵에 생긴 것이었다. 그 때 어머니는 자세한 내용을
편지에 써서 아버지의 사촌 동생인 멜레리 씨에게 전했다.
그러나 멜레리 씨는 어머니의 편지가 도착하기도 전에
어디론가 사라지고 말았다. 그래서 어머니의 편지는 마르코

아버지에게 전달되지 못했으며, 마르코 아버지가 보낸
편지도 어머니에게 전달되지 않았던 것이다. 마르코 아버지가
직접 메키네츠 씨 집으로 보낸 편지도 어머니가 이름을
바꾸어서 일하고 있었으므로 제대로 전달되지 못했다.
영사관에서 어머니를 찾지 못한 것도 그 때문이었다.
어머니는 일이 이렇게 된 것도 모르고 편지가 오지 않는다고
걱정을 하다가 그 걱정이 쌓여 병이 되고 만 것이다.
어머니의 병은 점점 악화되어 보름 전부터는 꼼짝도 하지

못하고 누워만 있었다.

마르코가 길바닥에 누워 밤 하늘의 별을 쳐다보고 있는
그 시각에 메키네츠 씨와 그의 부인은 걱정스런 얼굴로
마르코의 어머니 곁에 앉아 있었다.

마르코 어머니의 병은 내장이 탈장되어 수술을 받지 않으면
안 되는 병이었다.

"의사 말로는 수술만 하면 나을 수 있다고 했어요. 당장
수술을 받도록 합시다."

메키네츠 씨 부인이 말했으나 마르코의 어머니는 힘없이
고개를 저었다.

"아닙니다. 친절하신 주인님, 저를 그냥 내버려 두세요."

마르코의 어머니는 고개를 저으며 가느다란 목소리로 말했다.

"저는 이제 다 틀렸습니다. 수술을 받는다고 해도 워낙 몸이
허약해서 도저히 견뎌 내지 못할 거예요. 이왕 죽을 바에야
조용히 죽고 싶어요."

"왜 그렇게 마음 약한 말만 하는 거예요? 용기를 내야지요."

"저는 이미 모든 것이 다 끝나 버렸습니다. 여러 번 편지를
보냈지만 가족들로부터 오랫동안 소식이 없는 것을 보면,
무슨 불행한 일이 생긴 것이 틀림없어요. 너무나 먼 거리라

쉽게 가서 알아볼 수도 없고, 혹시 안다고 해도 마음만
안타까울 거예요. 차라리 가족들에게 생긴 불행을 모르고
죽는 편이 나을 거예요."

마르코의 어머니는 이렇게 말하고 고개를 옆으로 돌렸다.
눈에서는 눈물이 주르륵 흘러내렸다.

"그러지 말고 희망을 가져 봐요. 내가 이탈리아로 편지를
보냈으니까 무슨 소식이 올 거요. 수술을 받은 후 건강한
몸으로 가족들을 만나 봐야 할 거 아닙니까."

메키네츠 씨가 조용히 타이르듯 말했다.

"그렇고말고요. 어린 아이들을 이탈리아에 남겨 두고 어떻게
죽을 생각을 다 해요?"

메키네츠 씨 부인도 나무라듯 말했다.

"오! 내 아들 마르코야!"

아이들이라는 말이 나오자, 마르코의 어머니는 슬픔이 복받쳐
펑펑 울었다.

"아! 마르코는 어떻게 지내는지. 마르코가 보고 싶어…….
하지만 아무래도 저는 틀린 것 같아요. 괴로워서 빨리 죽고
싶은 생각뿐이에요. 어르신과 마님, 두 분은 정말 저에게 잘
해 주셨어요. 죽어서도 그 은혜를 잊지 못할 거예요. 이제

편안히 죽을 수 있게 저를 가만히 놔 두세요. 의사 선생님께도 더 오실 필요가 없다고 전해 주세요. 부탁이에요."

마르코 어머니의 목소리는 점점 더 희미해졌다.

"안 돼! 수술을 받으면 아픔을 훌훌 털고 일어날 수 있어요. 용기와 희망을 가져야 해요."

메키네츠 씨와 그의 부인은 어떻게 해서든지 수술을 받게 하려고 안간힘을 썼다. 그러나 마르코의 어머니는 이미 죽기로 작정한 사람처럼 수술받기를 거절하였다.

마르코의 어머니는 마르코가 보고 싶다고 울부짖다가 지쳐서 눈을 감았다. 창백하고 야윈 얼굴은 마치 죽은 사람처럼 보였다.

"가엾게도……. 이대로 두면 살아날 수가 없겠어요."

"그렇지만 본인이 저토록 싫어하는 수술을 억지로 받게 할 수도 없지 않소?"

"가족을 위해 자기 나라에서 일만 킬로미터나 떨어진 이 곳 아르헨티나까지 일하러 왔다가 이렇게 낯선 땅에서 죽어야 하다니……."

"몸이 아픈 것도 그렇지만, 그보다는 마음의 병이 더 큰 문제 같아요. 가족을 걱정하는 마음이 되돌릴 수 없는 절망으로 바뀐 것 같아요."

메키네츠 씨와 그의 부인은 말을 주고받으며 마르코의
어머니를 걱정스런 눈으로 지켜보고 있었다.

"아아, 마르코! 너는 어디 있니, 마르코!"

밤이 깊어지자 마르코 어머니는 더욱 몸부림을 치기
시작했다. 그럴수록 마르코를 부르는 횟수가 많아졌다.

"사랑하는 마르코, 이 어미를 용서하여라. 가난해도 좋으니
떠나지 말라고 그렇게 울면서 부탁하던 마르코를 두고 새벽에
몰래 빠져 나왔는데, 지금은 어떻게 지내는지……. 날마다
부두에 나와 이 어미를 기다리며 울고 있진 않은지……."

"걱정 말아요. 다 잘 있을 거예요."

메키네츠 부인이 깡마른 마르코 어머니의 손을 잡고 흔들며
안심을 시키려고 애썼다.

"하느님! 어린 마르코가 너무 불쌍해요. 아아, 마르코. 이
어미가 아무 도움을 주지 못하고 이렇게 죽게 되다니……."

"죽긴 왜 죽어요. 마음만 굳게 먹으면 일어날 수 있어요."

메키네츠 씨 부인이 다시 큰 소리로 말했다. 그러나 마르코
어머니의 귀에는 들리지 않는 듯 계속 혼자서만 중얼거렸다.

"마르코, 미안하다. 나는 더 이상 견딜 수 없을 것 같구나.

착하고 귀여운 우리 마르코, 내가 없어도 잘 살아야 한다.”

마르코 어머니는 괴로운 듯 얼굴을 찌푸리며 말했다. 그리고

한동안 잠잠하더니 다시 몸을 심하게 움직이면서 갑자기

소리치기 시작했다.

“아아, 저는 마르코를 두고 죽을 수 없어요. 하느님! 저를 살려

주세요. 마님, 의사 선생님을 불러 주세요. 저는 살아야 해요.

수술을 받아야겠어요. 어서요, 어서!"
옆에서 지켜보던 사람들이 몸부림치는 마르코 어머니를
붙잡았다.
"알았어요. 지금 당장 의사 선생님을 부르겠어요."
"하느님이 도와 주실 거예요. 마음 편안하게 먹고 의사
선생님이 오시기를 기다려요."
메키네츠 씨 부인과 하녀들이 마르코 어머니의 손과 발을
잡으며 위로했다.
"아, 마르코! 보고 싶구나, 마르코!"
마르코 어머니는 나중에는 힘이 빠져 입술만 달싹거리며
중얼거렸다. 그러다가 밤늦게야 잠이 들었다.

이튿날 아침이 밝았다.
마르코는 아픈 다리를 질질 끌며 투쿠만으로 들어섰다.
옷은 누더기가 다 되었으며 손에 든 트렁크는 흙투성이였다.
투쿠만도 부에노스 아이레스나 로사리오, 코르도바의 거리와
비슷했다. 똑바른 길과 양쪽에 늘어선 하얀 집들이 여기가
어느 도시인지 분간을 할 수 없게 만들었다. 그러나 푸른
나무들이 여기저기 많이 서 있는 것이 다른 도시와는 달랐다.

하늘은 맑고 푸르렀으며 공기가 맑고 향기로웠다.

'이 도시는 어머니가 계시는 곳이야. 어쩌면 어머니가 지나가실지도 몰라.'

마르코는 지나가는 사람들을 살피면서 길을 걸었다.

"이 근처에 메키네츠라는 분이 살고 있나요?"

마르코는 용기를 내어 지나가는 아저씨에게 물었다.

"모르겠다."

아저씨는 초라한 마르코의 행색을 훑어보며 퉁명스럽게 말하고 가 버렸다.

"혹시 메키네츠 씨 집에서 일하고 있는 이탈리아 부인을 모르세요?"

마르코는 실망하지 않고 또다른 사람을 붙잡고 물었다.

그 사람은 대꾸도 않고 고개만 설레설레 흔들며 가 버렸다.

"아, 누구에게 물어 봐야 하지?"

마르코는 다시 길을 물어 볼 사람을 찾기 위해 두리번거렸다.

그 때 마침 이탈리아 말로 적힌 여관 간판이 보였다. 안을 들여다보니 주인인 듯한 안경을 쓴 남자가 장부를 들여다 보고 있었고, 그 옆에서 두 하녀가 청소를 하고 있었다.

마르코는 조심스럽게 안으로 들어갔다.

"실례합니다. 혹시 메키네츠 씨의 집이 어디인지 아세요?"

"기계 기술자 메키네츠 씨 말이니?"

여관 주인이 고개를 들고 안경 너머로 마르코를 바라보며

되물었다. 언젠가 어머니의 편지에서 메키네츠 씨가

기계 기술자라는 글을 본 것 같았다.

"네, 바로 그분이에요!"

마르코는 뛸 듯이 기쁜 마음을 누르며 말했다.

"메키네츠 씨는 투쿠만에 살고 있지 않단다."

여관 주인이 무심코 이 말을 했을 때 마르코는 주저앉듯이
그 자리에 쓰러졌다.

여관 주인이 깜짝 놀라 달려와서 마르코를 안았다.

"애가 쓰러졌다. 가서 물 가져오너라."

"이 애가 왜 이러지?"

하녀들도 달려와 마르코의 팔을 잡고, 볼을 가볍게 때리기도
했다. 옆집에 사는 사람들도 몇 명이 달려왔다. 하녀가
물수건을 가져다가 머리에 대 주었다. 한참이 지나자
마르코는 힘없이 눈을 떴다.

"정신 좀 나니?"

"투쿠만에 살고 있지 않다니……."

마르코는 신음 소리처럼 중얼거렸다.

"그렇게 실망할 필요는 없다. 메키네츠 씨는 여기에는 없지만
아주 가까운 곳에 있단다."

여관 주인이 마르코의 귀에 대고 큰 소리로 말했다.

"가깝다고요? 그 곳이 어딘데요?"

그 말에 마르코는 갑자기 기운이 나는지 벌떡 일어났다.

그러다가 어지러워서 휘청 넘어지려고 했다. 옆에 있던

하녀가 얼른 붙잡아 주었다.

"사라지오라는 강 근처란다. 지금 거기에 커다란 설탕 공장을

짓고 있는데 많은 사람들이 일하고 있단다. 그 곳에 메키네츠

씨 집이 있단다. 서너 시간이면 갈 수 있는 거리야."

"메키네츠 씨의 공장이라면 내가 한 달 전에 있었던 곳이야."

앞에 있던 하녀가 말했다.

"그, 그럼 메키네츠 씨 댁에 있는 이탈리아에서 온 하녀도

아세요?"

마르코는 너무 서둘렀기 때문에 말을 조금 더듬으며 다그치듯

물었다.

"제노바에서 온 부인 말이지? 그럼 잘 알고말고."

마르코는 안도의 숨을 길게 내쉬었다. 마르코의 입술은

가볍게 떨렸고 뺨을 타고 눈물이 주르륵 흘러내렸다.

"공장으로 가는 길을 가르쳐 주세요. 지금 당장 가야 해요."

마르코는 억지로 몸을 바로세우며 부탁하였다.

"이런 몸으로 간다는 거니?"

"너는 너무 지쳐 있는 것 같다. 오늘은 푹 쉬고 내일 가면

어떻겠니? 다 너를 위해서 하는 말이야."

"그래, 그렇게 해라."

하인들의 말을 듣고 있던 주인도 고개를 끄덕이며
다정하게 말했다.

"아니에요. 저는 지금 가야 해요."

마르코는 고개를 흔들며 굳은 표정으로 말했다.

"엄마를 찾고 있는 모양이구나."

"쯧쯧, 얼마나 찾아 헤매었으면 저렇게 몸이 약해졌을까?"

"가까운 거리라고 하지만 저런 몸으로 갈 수 있을지
모르겠어."

"하느님이 도와 주시겠지."

사람들은 그런 마르코를 보며 근심스런 얼굴로 한 마디씩
했다. 그러나 마르코의 결심이 너무 강했기 때문에 더 이상
말릴 수도 없었다.

여관 주인은 메키네츠 씨의 집으로 가는 길을 자세히 가르쳐
주었다. 그리고 메키네츠 씨의 공장에 있었다던 하녀에게
마을 어귀까지 바래다 주라고 했다.

"안녕히 계세요."

"그래, 잘 가거라. 용감한 이탈리아 소년아!"

옆집에서 왔다는 노인이 말했다.

"숲 속에 들어가면 길을 잃어버리지 않도록 조심해야 한다."

여관 주인은 마음이 놓이지 않는지 다시 한 번 당부를 했다.

마르코는 하녀를 따라 걸었다. 하녀는 친절하게 마을을 한참

벗어난 곳까지 마르코를 데려다 주었다.

"이제 이 길을 따라 계속 가면 사라지오 강을 보게 될 거야."

"감사합니다."

작별 인사를 한 후 마르코는 어두운 숲 속을 계속 걸어갔다.

얼마나 걸었을까? 달빛이 나뭇잎 사이로 비치고 있었다.

어두운 숲 속으로 몇 줄기 환하게 비치는 달빛은

신비롭기까지 했다. 나무들은 키가 자랄 대로 자라 그 끝을

알 수 없을 정도였다. 가끔 몇 아름씩 되는 커다란 나무가

길을 가로질러 쓰러져 있기도 했다. 마르코는 이 나무를 쉽게

넘어갈 수가 없었다. 끙끙대며 커다란 돌멩이를 나무 밑에

놓고 그 위에 올라서서 겨우 넘어갔다.

마르코는 너무 지쳐서 자기가 지금 어디를 어떻게 가고

있는지도 잊고 걸었다. 자꾸만 정신이 가물가물해지는 것

같았다. 마르코는 머리를 세게 흔들었다. 그리고 어머니

생각을 했다.

'어머니! 조금만 더 기다리세요. 저는 어머니가 계시는 곳

아주 가까이에 와 있어요.'

이렇게 중얼거리자 없는 힘이 솟구치는 듯했다. 마르코는
조금도 쓸쓸하지 않았다. 무섭지도 않았다.

'이번에는 꼭 어머니를 만나게 되겠지. 이제 얼마 안 남았어.'

마르코는 자기 자신에게 속삭이며 부지런히 걸었다. 발에서
피가 나고 아픈 것은 아무것도 아니었다. 어머니를 금방 만날
수 있다는 사실만으로 행복했다.

무서웠던 바다 여행, 구박을 받으면서 고생했던 짐수레에서의
생활, 밤낮으로 혼자 걸어왔던 지난날들이 모두 꿈만 같았다.

'내가 힘들 때마다 어머니가 지켜 주셨을 거야.'

마르코는 캄캄한 숲 속에서 문득 어머니의 얼굴을 보았다.
마음 속에 그리던 어머니의 얼굴은 2년 동안 만나지 못했기
때문에 뚜렷하지가 않았다. 그러나 숲 속에서 떠오른
어머니의 얼굴은 너무나 뚜렷하였다. 2년 전에 헤어질 때처럼
통통하게 살찐 얼굴로 밝게 웃고 있었다.

"마르코야! 정말 장하다. 그렇게 멀고 험한 여행을 잘 참아
왔구나. 참으로 기특한 내 아들아, 보고 싶었다. 정말 보고
싶었다."

"어머니, 저도 보고 싶었어요."

마르코는 눈물을 글썽이며 소리쳤다.

"울지 말아라. 이제는 울지 않아도 된다. 우리는 이렇게

만나지 않았느냐? 이리 오너라, 마르코야!"

그리운 어머니의 목소리, 듣고 싶었던 다정한 목소리가 정말

들리는 듯했다.

"어머니!"

마르코는 어머니를 힘껏 안았다. 그러나 허공을 향해 팔을

휘저으며 그대로 넘어지고 말았다. 어머니의 모습은 연기처럼

나무 그늘로 사라져 버렸다.

마르코는 벌떡 일어나 다시 걸었다. 마르코는 조금 있으면

만나게 될 어머니에게 할 말을 연습하며 계속 걸었다.

'어머니, 이제부터는 무슨 일이 있어도 어머니 곁을 떠나지

않을 거예요. 우리 함께 아버지와 형이 기다리고 있는

이탈리아로 가요. 가난해도 좋아요. 돈이 없으면 어때요?

다시는 헤어지지 말고 함께 행복하게 살아요.'

나무 사이로 빛나던 달빛은 사라지고 없었다. 주위가

시나브로 밝아 오고 있었다. 그러나 마르코는 밤이 지나고

아침이 밝아 온다는 사실도 몰랐다. 오직 어머니만을

생각하며 여관 주인이 가르쳐 준 공장 가까이로 가고 있었다.

아, 어머니. 그리운 어머니!

마르코의 어머니가 병으로 누워 있는 메키네츠 씨 집에도
여느 때와 변함없이 밝은 태양이 떠오르고 있었다. 강물은
조용히 흐르고 새들이 맑은 목소리로 노래하고 있었다.

투쿠만에서 달려온 의사가 세 사람의 간호사를 데리고 급히
메키네츠 씨 집으로 들어갔다.

"선생님, 아침 일찍 오시라고 해서 죄송합니다."

메키네츠 씨가 인사를 하며 맞았다.

"아닙니다. 무엇보다도 환자가 수술을 받겠다고 했다니
다행입니다."

의사는 빙그레 웃었다.

"저희들도 이제 안심이 되는군요."

메키네츠 씨는 부인의 얼굴을 쳐다보며 가볍게 미소를
지었다. 마르코의 어머니를 설득하느라 애쓴 보람이 있다는
뜻의 미소였다.

의사와 간호사, 그리고 메키네츠 씨 부부가 마르코의
어머니가 누워 있는 방문을 조심스럽게 열었다. 마르코의
어머니는 깜짝 놀라는 표정으로 방에 들어온 사람들을
하나하나 눈여겨보았다.

"잘 결정하셨습니다. 자, 그럼 수술을 하도록 할까요?
아주 간단한 수술입니다."

의사가 가방을 열고 수술 도구들을 꺼내며 말했을 때였다.

"뭐라고요? 수술을 하신다고요? 싫어요. 저는 수술을 받지
않는다고 했잖아요. 환자의 의견도 무시한 채 이렇게 강제로
수술을 해도 되는 겁니까?"

마르코의 어머니가 화를 내며 소리쳤다. 이 말을 듣자, 의사는
어리둥절한 표정으로 메키네츠 씨와 부인의 얼굴을 쳐다봤다.
말은 안 했지만 '아침 일찍 달려왔는데 대체 어떻게 된
일입니까?' 하고 묻고 있었다.

"간밤에 수술을 받고 살아야겠다고 말하지 않았소?"

의사는 확인을 하려는 듯 물었다.

"그런 말은 한 번도 하지 않았어요. 저는 수술 같은 건 싫어요.
제발 돌아가 주세요."

이 말을 들은 사람들은 그제서야 마르코 어머니가 정신 없이
한 말이라는 것을 알아챘다. 더구나 지금은 어젯밤에 한 말을
기억조차 못 하고 있는 것이다.

"왜 이래요? 어젯밤에 몸부림치면서 마르코를 남겨 놓고는
죽을 수 없으니 빨리 수술을 해서 살려 달라고 소리쳤잖아요.
그래서 이렇게 의사 선생님을 불러 온 것이오."

메키네츠 씨가 마르코 어머니의 마음을 돌리려고 어젯밤에
있었던 일을 설명했다.

"그래요. 당신이 죽으면 어린아이는 어떻게 되겠소? 반드시
예전과 같은 건강한 몸으로 회복시켜 줄 테니 걱정 말고
수술을 합시다."

의사가 달래며 말했다.

"아닙니다. 저는 절대로 수술받지 않겠어요. 제 몸은 제가
잘 알아요. 아무래도 몇 시간밖에 더 살 수 없을 것 같아요.
수술을 한다고 해도 도중에 죽고 말 거예요. 그러니 더 이상
고통을 당하지 않고 자연스럽게 죽게 내버려 두세요."

"모든 일을 혼자서 그렇게 결정해 버리면 곤란해요. 당신 병은
생명하고는 관련이 없는 것이어서 수술을 하면 금방 건강을
회복할 수 있어요."

"건강을 회복하고 아들을 만나야 하지 않겠소?"

의사와 메키네츠 씨가 번갈아 가면서 말했지만, 마르코의
어머니는 고개를 가로저을 뿐이었다.

"저는 이미 죽을 각오를 하고 있어요. 부디 이대로 하느님
곁으로 갈 수 있게 해 주십시오."

마르코 어머니는 힘겨운 듯, 그렇게 말하고 고개를 돌려 눈을
감아 버렸다.

이렇게 되니 더 이상 수술을 하자고 말할 수도 없었다.

의사와 메키네츠 씨는 우두커니 서 있었다.

"제 생각에 몸의 병보다는 마음의 병이 더 중한 것 같습니다.
멀리 떨어져 있는 가족들에게 소식이 없고, 절망적인 생각을
하다 보니 희망을 갖지 못한 것 같습니다."

의사가 침묵을 깨고, 혼자말처럼 말했다.

"저희들도 그렇게 생각하고 있습니다."

메키네츠 씨가 작은 소리로 말했다.

"지금 당장 그 먼 제노바까지 가서 가족들을 데려올 수도 없는

일이고…….”

메키네츠 씨 부인도 안타까운지 머리카락을 뒤로 넘기며
혼자말처럼 중얼거렸다.

잠시 후, 마르코의 어머니는 고개를 살짝 움직이더니 눈을
가늘게 떴다. 그러고는 메키네츠 씨 부인을 향해 떨리는
목소리로 말했다.

“마님! 부탁이 하나 있어요.”

메키네츠 씨의 부인은 얼른 마르코 어머니의 초췌한 손을
잡아 주었다.

“제가 가지고 있는 얼마 안 되는 돈을 이탈리아 영사님께
부탁해서 우리 마르코에게 보내 주십시오.”

마르코 어머니는 여기까지 말한 다음, 숨을 몰아쉬더니 힘이
드는지 중간중간 끊어 가며 말했다.

“아! 제발, 제가 언제나 가족들 생각을 하고 있었다고……,
가족들을 위해서 열심히 일했다고……, 가족들 얼굴을
한 번이라도 보고 싶어하다가 죽었다고……, 마지막까지
가족들을 축복하면서……, 편지를 써서 보내 주십시오. 아아,
모두들 무사했으면 좋겠는데…….”

마르코 어머니는 잠시 말을 멈추고 두 손을 가슴 위에 올려

놓았다. 가족들을 위해서 마지막 기도를 하고 싶었던
모양이었다.

"마르코! 마르코! 안녕……."

마르코 어머니는 떨리는 목소리로 마르코를 부르더니
스르르 눈을 감았다.

바로 그 때였다.

갑자기 문 밖이 소란스러워지더니 누군가 큰 소리로 외치는
소리가 들렸다. 이어서 사람들이 급하게 뛰어다니는
발 소리와 함께, 여럿이 동시에 웅성거리는 소리가 들렸다.

밖으로 나갔던 의사가 황급히 방문을 밀치고 다시 들어왔다.
그 뒤에 메키네츠 씨와 부인이 놀란 얼굴로 따라 들어왔다.

"어서 말씀하세요. 빠를수록 좋습니다."

의사가 마르코 어머니의 상태를 조심스럽게 살피며 말했다.

메키네츠 씨 부인이 침대 옆으로 다가가 들뜬 목소리로
마르코의 어머니를 불렀다.

"조세파!"

'조세파' 란 이 곳에서 일하면서 바꾸어 부르는 마르코
어머니의 이름이었다.

이상하게 소란스러운 분위기와, 전에 없이 들뜬 메키네츠

부인의 목소리에 마르코 어머니가 감겨진 눈을 힘들게 떴다.

"놀라지 말아요. 기적이 일어났어요. 조세파에게 아주 기쁜
소식이 있어요."

마르코의 어머니는 눈을 조금 더 크게 떴다.

"조세파, 너무 놀라면 몸에 안 좋아요."

메키네츠 씨 부인은 마르코의 어머니가 너무 놀라서
기절하지도 모른다는 걱정 때문에 침착하게 말을 계속했다.

"무슨 일이지요?"

마르코의 어머니는 이상한 분위기를 느끼며 있는 힘을 다해
고개를 약간 들며 물었다.

"조세파! 이 세상에서 당신이 가장 보고 싶어했던 사람이
여기 와 있어요."

메키네츠 씨 부인은 마르코 어머니를 약간 부축하며 귓가에
속삭이듯 말했다. 그러나 작은 그 소리마저 떨리고 있었다.

"누군데요?"

"방금 도착했어요. 정말 기적이 일어난 거예요. 자, 봐요."

메키네츠 씨 부인이 방문을 활짝 열었다.

거기에는 놀랍게도 누더기가 다 된 옷을 입은 마르코가
눈물을 글썽이며 서 있었다.

"어머니!"

순간 마르코의 어머니는 어디서 그런 힘이 생겼는지 용수철 튕기듯이 침대에서 일어났다.

"마, 마르코!"

마르코의 어머니는 쏜살같이 달려들어온 마르코를 힘차게 끌어안았다. 그리고 마구 흐느끼면서 마르코와 얼굴을 비벼 댔다. 그러다가 무너지듯 침대 위에 쓰러졌다.

"앗! 어머니!"

놀란 마르코가 어머니의 몸을 잡고 흔들었다.

"걱정할 것 없다. 잠시 자리 좀 비켜 주겠니?"

의사의 차분한 말에 메키네츠 씨 부인이 마르코의 어깨를 천천히 잡아 일으켰다. 의사는 가방을 열고 어머니의 팔에 주사를 놓았다.

"너무 갑작스럽게 아들을 만나게 되어 놀라움과 반가움 때문에 잠시 기절했을 뿐입니다. 곧 깨어날 것이니 걱정하지 않아도 됩니다."

의사는 사람들을 안심시켰다.

'온갖 고생을 다해 가면서 3만 리 길을 찾아와 겨우 만나게 된 그리운 어머니인데……'

마르코는 한 손으로 어머니의 손을 잡고, 다른 손으로는
어머니의 얼굴을 가만히 쓰다듬었다.

조금 지나자 마르코의 어머니는 입술을 조금 달싹거렸다.

그러더니 눈을 번쩍 떴다.

"내 아들, 마르코!"

어머니는 마르코를 보자 다시 으스러지도록 안고 머리에 입을
맞추면서 기뻐하였다.

"마르코! 네가 정말 내 아들 마르코 맞지? 이게 꿈은 아니지?
누가 데려다 주었느냐?"

"아버지와 형은 일자리를 지켜야 하기 때문에 움직일 수가
없었어요. 그래서 저 혼자 왔어요."

"오, 하느님! 이 어린것이 그 머나먼 3만 리 길을 혼자
찾아오다니……. 어떻게 이런 기적이! 어디 아픈 데는 없니?
오오, 마르코. 마르코가 내게 오다니, 하느님! 감사합니다.
이것이 꿈이 아니기를……."

마르코의 어머니는 마르코를 품에 안고 쉬지 않고 말을 했다.

메키네츠 씨 부인도 손수건으로 눈물을 닦고 있었다.

메키네츠 씨와 의사 선생님도 손바닥으로 눈두덩을 눌러
댔다. 간호사와 밖에서 보고 있던 사람들도 믿기지 않는

일이라고 소근거리며 눈물을 훔쳤다.

마르코의 어머니는 눈물을 닦은 후에,

대단한 결심을 한 표정으로 의사를 향해 말했다.

"선생님, 부탁이에요. 살려 주세요. 선생님께서 하신 말씀을 따르겠어요. 마르코를 데리고 밖으로 나가 주세요. 마르코, 잠시 나가서 기다려라. 아무것도 아니야. 나중에 말해 줄게. 자, 선생님. 부탁합니다."

"알았습니다! 잘 생각하셨어요."

메키네츠 씨가 얼른 마르코를 데리고 밖으로 나갔다. 그 뒤를 따라 다른 사람들도 모두 나갔다. 의사와 간호사만 남기고는 방문을 닫았다.

"무슨 일이에요? 어머니께 무슨 일이 생긴 건가요? 왜 제가 어머니 곁에 있으면 안 되나요?"

마르코는 방문 앞을 떠나지 않고 걱정스럽게 물었다. 하는 수 없이 메키네츠 씨 부인이 설명을 했다.

"마르코야, 네 어머니는 아프단다. 그래서 수술을 받으려는 거야. 수술을 받으면 병이 낫는단다."

"네? 수술을 받으신다고요?"

마르코의 몸이 바르르 떨렸다.

"위험한 수술이 아니니 걱정하지 말아라. 게다가 저 의사 선생님은 명망이 높으신 분이란다. 쉽게 고칠 수 있다고 장담을 하셨어. 저 쪽으로 가서 잠시 기다리자꾸나."

메키네츠 씨가 말했지만, 마르코는 걱정이 되어 도저히
그 자리를 떠날 수가 없었다.

"저는 여기서 기다리겠어요."

할 수 없이 마르코를 방문 앞에 남겨 두고 다른 사람들은 모두
옆에 있는 방으로 갔다. 마르코는 혼자서 마루 위를 왔다 갔다
하면서 속으로 기도를 했다.

"하느님, 제발 우리 어머니 수술이 잘 되게 해 주세요!"

그러자 갑자기 어머니의 비명 소리가 들렸다.

"윽! 으으음! 아악!"

마르코는 마치 자기 몸이 아픈 것처럼 얼굴을 찌푸리며
큰 소리로 외쳤다.

"우리 어머니가 돌아가시겠어요. 어머니, 돌아가시면 안 돼요!
제발 돌아가시지 마세요. 어머니!"

그 소리를 듣고 옆방에 있던 메키네츠 씨와 그의 부인이
달려와 마르코를 진정시켰다. 그러나 마르코는 가만히 있지
못하고 마루를 이리저리 왔다 갔다 했다. 그러다가 다시 방문
앞으로 걸어갔다. 여전히 어머니의 신음 소리가 들렸다.

"저러다가 우리 어머니 돌아가시겠어요. 안 돼요, 우리 어머니
돌아가시면 안 돼요!"

마르코가 다시 소리쳤다. 그런 마르코를 보고 있는 메키네츠 씨와 그 부인의 눈에 눈물이 고였다. 어머니를 걱정하는 마르코의 모습이 눈물을 자아내게 했던 것이었다.

"어머니, 제발……. 돌아가시면 안 돼요!"

마르코가 다시 외쳤을 때, 닫혔던 방문이 열리고 의사 선생님이 나왔다.

"걱정하지 말아라. 수술은 아주 잘 되었다. 이제는 안심해도 된다. 네 어머니는 곧 건강해질 거야."

의사 선생님은 이마에 송글송글 맺힌 땀을 손등으로 닦으면서 자신 있는 목소리로 말했다.

"의사 선생님, 고맙습니다. 정말 고맙습니다."

마르코는 의사 선생님 발 밑에 무릎을 꿇고 울면서 말했다.

"아니다, 마르코. 네 어머니를 구한 사람은 바로 너다. 만약 네가 오지 않았더라면 네 어머니는 끝까지 수술을 받지 않으려고 했을 거야. 그렇게 됐더라면 정말로 위험한 지경까지 갔을지도 몰라."

의사 선생님이 마르코를 안아 일으켜 주었다.

'그래, 장하다. 마르코!'

마르코를 향한 의사 선생님의 눈빛이 그렇게 말하고 있었다. ❀

● **이해 능력 Level Up!**

1. 마르코가 사는 제노바는 어디에 있는 도시인가요?

    1) 남아메리카   2) 아르헨티나   3) 이탈리아

    4) 스페인   5) 부에노스 아이레스

2. 다음 글을 읽고 마르코의 어머니가 먼 나라로 가기로 결심한 까닭을 골라 보세요.

> 어머니는 긴 한숨을 내쉬었다. 그 동안 가족들이 아프거나 집안에서 뜻하지 않게 돈 쓸 일이 생길 때마다 빚은 늘어만 갔다. 그런데 사기까지 당하고 또 아버지 병원 치료비까지 빚을 내야 할 처지가 되었으니 한숨이 나오지 않을 수 없었다.

    1) 아이들의 교육 때문에

    2) 빚을 갚기 위해

    3) 건강이 좋지 않아서

    4) 하는 일이 심심해서

    5) 친척들이 오라고 해서

3. 마르코는 어떻게 아르헨티나로 가는 배를 탈 수 있었나요? 아래
   글을 읽고 물음에 답하세요.

"마르코가 가는 것을 허락해 준다면
부에노스 아이레스까지 가는 배표를
무료로 얻어 주려고 합니다."
선장이 아버지의 걱정이 무엇인지 알고
있다는 듯 작은 목소리로 말했다.
"네? 부에노스 아이레스까지 갈 수 있는
배표를 무료로 준다고요?"

   1) 마르코가 돈을 벌어서
   2) 아버지가 저축한 돈으로
   3) 마르코 형의 도움으로
   4) 마르코 친척들의 도움으로
   5) 아버지가 아는 선장의 도움으로

4. 마르코는 배를 탄 지 얼마 만에 부에노스 아이레스 항구에 도착
   했나요?

   1) 3일   2) 1주   3) 2주
   4) 27일   5) 3개월

5. 마르코가 멜레리 씨 가게를 찾아갔을 때 가게에는 누가 있었나
   요?

   1) 소년   2) 신사   3) 소녀

4) 할아버지   5) 할머니

6. 멜레리 씨는 어떻게 되었다고 했나요?

    1) 그 곳에서 살다가 죽었다.

    2) 다른 곳으로 도망을 가서 죽었다.

    3) 돈을 많이 벌어서 다른 도시로 이사를 갔다.

    4) 사업이 망해 다른 도시로 가서 살고 있다.

    5) 아무도 그가 어떻게 되었는지 모른다.

7. 다음 글을 일고 마르코가 코르도바까지 가는 기찻삯을 어떻게
   구했는지 골라 보세요.

사람들이 여기저기서 돈을 내밀었다.
할아버지는 얼른 모자를 벗어 들고
테이블 사이를 돌아다녔다.
"어린것이 혼자서 이 먼 데까지 오다니,
제노바 아이가 아니면 할 수 없는 일이지.
암, 할 수 없고말고."

    1) 구걸을 해서

    2) 할아버지가 주어서

    3) 식당에서 일을 해서

    4) 식당에 온 사람들이 도와 주어서

    5) 어떤 신사가 도와 주어서

8. 다음 글을 읽고 물음에 답하세요. 마르코 어머니가 수술을 받지 않으려고 한 까닭은 무엇일까요?

> "아닙니다. 친절하신 주인님,
> 저를 그냥 내버려 두세요."
> 마르코의 어머니는 고개를 저으며
> 가느다란 목소리로 말했다.
> "저는 이제 다 틀렸습니다. 수술을
> 받는다고 해도 워낙 몸이 허약해서 도저히
> 견뎌 내지 못할 거예요. 이왕 죽을 바에야 조용히 죽고 싶어요."

1) 돈이 없어서

2) 미안해서

3) 살 가망이 없다고 생각해서

4) 마르코를 만난 후에 수술 받으려고

5) 의사를 믿을 수 없어서

9. 마르코는 산티아고 델 에스테로에서 투쿠만까지 어떻게 갔나요?

　　1) 기차를 타고　　　　2) 혼자 걸어서　　　3) 짐수레를 타고

　　4) 커다란 배를 타고　　5) 돛단배를 타고

10. 짐수레를 타고 가면서 마르코가 한 일이 아닌 것은 어느 것인가요?

　　1) 물을 길어 오는 일　　　　2) 등을 닦는 일

　　3) 나뭇단을 운반하는 일　　　4) 수프를 끓이는 일

　　5) 말을 타고 소를 모는 일

11. 마르코는 코르도바로 가는 기차 안에서 왜 추위를 느꼈나요?

    1) 몸살 감기에 걸려서   2) 날씨가 갑자기 추워져서

    3) 창문이 활짝 열려 있어서   4) 너무 이른 새벽이라서

    5) 사람들이 별로 없어서

12. 다음 글을 읽고 메키네츠 씨 부인이 말한 기적이란 무엇인지 골라 보세요.

메키네츠 씨 부인은 마르코 어머니를 약간 부축하며 귓가에 속삭이듯 말했다. 그러나 작은 그 소리마저 떨리고 있었다.
"누군데요?"
"방금 도착했어요. 정말 기적이 일어난 거예요. 자, 봐요."

메키네츠 씨 부인이 방문을 활짝 열었다. 거기에는 놀랍게도 누더기가 다 된 옷을 입은 마르코가 눈물을 글썽이며 서 있었다.

    1) 마르코 어머니가 살아 있는 것

    2) 마르코가 먼 곳까지 혼자서 온 것

    3) 마르코의 어머니 병이 나은 것

    4) 마르코의 어머니가 수술을 받겠다고 한 것

    5) 마르코를 본 어머니가 벌떡 일어난 것

13. 마르코가 여관에서 쓰러진 까닭은 무엇인가요?

    1) 몸이 아파서
    2) 메키네츠 씨가 있다는 말을 듣고
    3) 메키네츠 씨가 없다는 말을 듣고
    4) 어머니가 편찮으시다는 말을 듣고
    5) 어머니를 보았다는 하녀의 말을 듣고

14. 투쿠만이 마르코가 본 다른 도시와 다른 점은 무엇인가요?

    1) 반듯한 길   2) 하얀 집들
    3) 거리의 마차들   4) 많은 사람들
    5) 거리의 푸른 나무들

15. 다음 중 마르코가 어머니를 찾아 여행한 순서가 바른 것은 어느
    것인가요?

    1) 제노바 – 부에노스 아이레스 – 사라지오 강 – 보카
       – 로사리오– 코르도바 – 투쿠만
    2) 제노바 – 로사리오 – 보카 – 코르도바 – 부에노스 아이레스
       – 투쿠만 – 사라지오 강
    3) 제노바 – 부에노스 아이레스 – 로사리오 – 보카 – 코르도바
       – 투쿠만 – 사라지오 강
    4) 제노바 – 부에노스 아이레스 – 보카 – 로사리오 – 코르도바
       – 투쿠만 – 사라지오 강
    5) 제노바 – 부에노스 아이레스 – 보카 – 로사리오 – 투쿠만
       – 코르도바 – 사라지오 강

● 논리 능력 Level Up!

1. 마르코가 어머니를 찾아 떠난 때는 몇 살 때인가요?

2. 마르코의 어머니는 누구를 통해 편지를 보내 왔나요?
   사람의 이름을 쓰세요.

3. 아래 글을 읽고 물음에 답하세요. 남아메리카로 가기 위해 마르
   코가 탄 배에는 주로 어떤 사람들이 타고 있었나요?

마르코는 그제야 갑판 주위를
둘러보았다. 갑판 위에는
많은 사람들이 끼리끼리 모여 앉아
떠들고 있었다. 모두 이탈리아에서는
살기가 힘들어 남아메리카로 이민을
가는 사람들이었다. 갑판 아래 선실도 사람들로 붐볐다.

4. 마르코가 배 안에서 만난 할아버지는 어디에서 농사를 짓는 아
   들을 찾아간다고 했나요?

5. 마르코가 소년의 도움으로 찾아간 메키네츠 씨는 또 어디로 이사를 갔다고 했나요?

6. 옛날에 메키네츠 씨가 살던 집에서 사는 신사는 마르코에게 어떤 도움을 주었나요? 두 가지를 써 보세요.

7. 마르코는 로사리오에서 누구를 만났나요?

8. 마르코가 짐수레에서 먹은 맛있는 음식은 무엇이었나요?

9. 마르코는 숲에서 무엇을 만나 놀라서 도망을 갔나요?

● 논술 능력 Level Up!

1. 마르코 어머니가 아르헨티나로 떠나기 전 마르코의 집안 형편은
   어떠했나요?

2. 마르코는 어머니를 찾으러 가기 위해서 속으로 어떤 계획들을
   세우고 있었나요?

3. 다음 사람들이 마르코에게 어떤 도움을 주었는지 써 보세요.

  1) 배에서 만난 할아버지

  2) 술집에서 일하는 소년

  3) 코르도바에서 찾아간 메키네츠 집에 사는 할머니

4. 할아버지가 도움을 청하자 식당 안에 있던 사람들은 어떻게 했
　　나요?

5. 기차 안에서 몸살에 걸린 마르코는 앞에 앉은 사나이들을 보고
　　어떤 오해를 했나요?

6. 아래 글을 읽고 아버지의 노력에도 불구하고 어머니의 소식을 알 수 없었던 까닭이 무엇인지 세 가지를 써 보세요.

> 그러나 멜레리 씨는 어머니의 편지가 도착하기도 전에 어디론가 사라지고 말았다. 그래서 어머니의 편지는 마르코 아버지에게 전달되지 못했으며, 마르코 아버지가 보낸 편지도 어머니에게 전달되지 않았던 것이다. 마르코 아버지가 직접 메키네츠 씨 집으로 보낸 편지도 어머니가 이름을 바꾸어서 일하고 있었으므로 제대로 전달되지 못했다.

7. 자신이 만약 마르코 어머니였다면 수술을 받았을지, 받지 않았을지 그 이유와 함께 써 보세요.

8. 메키네츠 씨 부인은 어떤 생각으로 기적이라고 외쳤을까요?

 풀이

이해 능력 Level Up!

1. 3)	2. 2)	3. 5)	4. 4)	5. 5)
6. 2)	7. 4)	8. 3)	9. 2)	10. 5)
11. 1)	12. 2)	13. 3)	14. 5)	15. 4)

논리 능력 Level Up!

1. 13살

2. 멜레리

3. 이민 가는 사람들

4. 로사리오

5. 코르도바

6. 편지를 써 주고, 돈을 줌

7. 배에서 알게 된 할아버지

8. 송아지 고기

9. 뱀

논술 능력 Level Up!

1. 아버지는 겨우 먹고 살 정도의 돈을 벌어 왔는데 집안에 큰 일이 있을 때마다 빚을 졌고, 거기에다 아버지가 사기를 당하고, 교통 사고까지 나서 도저히 빚을 갚을 길이 없었다.

2. 멜레리 아저씨를 찾아가서 메키네츠 씨 집이 어디인지 알아본다. 만약 찾지 못하면 영사관에 가서 부탁한다. 돈이 부족하면 일을 하면서 찾아다닌다. 돌아올 때는 일을 해서 뱃삯을 마련하여 어머니를 모시고 온다.

3. 1) 배 안에서는 함께 지낼 수 있었고, 절망과 슬픔 속에서 로사리오 길가에 앉아 있을 때에는 식당으로 데리고 가서 코르도바까지 갈 수 있는 기찻삯을 마련해 주었다.

   2) 메키네츠 씨가 살았던 집까지 같이 가 주었고, 마르코가 감사하다고 주는 돈을 받지 않고 마르코가 어머니를 꼭 만날 수 있도록 기도해 준다고 하였다.

   3) 마르코가 짐수레를 얻어 탈 수 있도록 가르쳐 주었다.

4. 모두 조금씩 돈을 내 주었고, 마르코가 어머니를 찾을 수 있도록 건배를 하여 주었다.

5. 자기 물건을 빼앗으려는 나쁜 사람들로 잘못 알았다.

6. 첫째는 편지를 중간에서 전해 주던 사촌 멜레리가 편지를 받기 전에 다른 도시로 이사를 가서 죽었기 때문이고,

둘째는 메키네츠 씨가 여러 번 이사를 갔기 때문이며,

셋째는 어머니가 이름을 바꿔서 영사관에서도 찾을 수 없었기 때문이다.

7. 나라면 살 수 있다는 의지를 가지고 수술을 받겠다. 수술을 받은 뒤에는 열심히 운동을 하여 체력을 기르겠다. 병을 이기려고 노력한다면, 기적도 일어날 것이라고 생각한다.

8. 삼만 리나 되는 먼 길을 마르코 혼자서 왔다는 믿기지 않는 사실과 곧바로 수술을 하지 않으면 죽을지도 모르는 마르코 어머니를 위해 때를 맞춰 도착했다는 사실을 볼 때, 사람의 힘으로 할 수 없는 기적과도 같은 일이라고 생각했기 때문에 그렇게 외쳤을 것이다.

초등권장도서 세계 명작 시리즈

※효리원 세계 명작 시리즈는 계속 발간됩니다!